Laura Morante

Quelques indélicatesses du destin

Contentes et interludes

Traduit de l'italien
par Hélène Frappat

Rivages

Retrouvez l'ensemble des parutions
des Éditions Payot & Rivages sur

payot-rivages.fr

Collection dirigée par Myriam Anderson et Delphine Valentin

Titre original : *Brividi immorali*

Quelques indélicatesses du destin

Mon amie Giovanna

Ce n'est pas comme si je l'avais fait exprès. Au contraire, j'aurais préféré éviter, mais il était impossible de ne pas les voir. Ils étaient juste devant moi. Lumières baissées, durant les publicités.

Giovanna est très blonde, ses cheveux ressortent dans la pénombre. En plus, deux amoureux qui s'embrassent me font toujours de l'effet, j'ai du mal à ne pas les regarder. D'ailleurs eux, en général, se contrefichent qu'on les regarde, la discrétion est inutile, ce n'est pas comme si on regardait un bossu, enfin vous voyez ce que je veux dire, ou une personne affligée d'un gros problème d'acné.

Sur le moment, il s'agit seulement d'un homme et d'une femme (ou plutôt, sur le coup j'ai pensé *un garçon et une fille*) qui échangent une série infinie de petits baisers et de mots doux et de petits rires étouffés, puis un autre baiser si long qu'on croirait qu'ils veulent se fondre l'un dans l'autre. Mais ensuite, quand ils se détachent, on comprend qu'ils sont absolument heureux d'être encore deux, qu'elle soit elle, que lui soit lui.

J'imagine leurs yeux pleins d'étincelles.

Pour résumer, c'est beau à voir, je n'ai aucune raison de me sentir coupable.

Quand passe le vendeur de glaces, elle dit :

« Excusez-moi ! » en levant le bras, et je n'ai pas le temps de m'étonner qu'ils ne soient pas totalement absorbés par leurs baisers et leurs regards, comme je le croyais, que je m'aperçois que j'ai reconnu sa voix, qui est grave et rauque, un peu masculine, plutôt en contraste avec son apparence, donc.

Et alors, automatiquement, je le regarde, lui, qui s'est tourné vers le vendeur de glaces, presque de profil par rapport à moi, et il est soudain indubitable que ce n'est pas *lui,* mais un autre, avec un nez plus petit et beaucoup plus de cheveux.

Dès lors, cela me crée un gigantesque problème.

Parce que moi, je suis amie avec les deux ; avec Giovanna, bien sûr, mais désormais aussi avec Walter, qui est *lui*, pas l'homme au cinéma, de toute évidence, mais l'autre, celui avec lequel elle est mariée depuis onze ans.

Aucune envie pressante de commérages, par conséquent. Au contraire, je me sens plutôt déprimée, et je m'éclipse du cinéma avant même la fin du film, dont j'ai été de toute façon incapable de suivre l'intrigue, absorbée comme je l'étais par toutes les pensées qui s'étaient bien entendu déchaînées dans ma tête.

Je me rends d'abord dans un bar, pas un bar trop proche, histoire d'éviter les rencontres.

Je m'installe à une table, je commande un dry martini, et j'entreprends de me demander avec qui je pourrais partager ma découverte, sans causer de dégâts.

La première personne à laquelle je pense est mon mari.

J'ai à peine entré son nom sur mon portable que je me rends compte qu'étant donné son lien d'amitié avec Walter, cela pourrait ne pas être une bonne idée.

Mais il est trop tard.

« Eh. »

« Salut. »

« Tu es où ? »

« Dans un bar. »

Et jusque-là je peux m'en sortir sans mentir.

« Seule ? »

« Oui, évidemment. »

« Tu as vu le film ? »

« Oui. »

« C'est comment ? »

« Pas mal. »

« C'est tout ? Je croyais que tu m'appelais pour me dire que c'était génial. »

« Non, ça ne m'a pas paru génial. »

« Ah. »

Je devrais endiguer ce *ah* avant qu'il n'entraîne à sa suite déchets et saletés, mais je ne trouve rien à dire, et du coup je le laisse s'écouler, avec tous les risques qu'il comporte.

Et de fait le silence qui suit est une couche de boue d'où les mots émergent péniblement, avec circonspection.

« Tu es bizarre. »

« Non, pourquoi ? »

Changement de rythme. Brusque accélération.

« Bon, je suis occupé. Si tu n'as rien d'autre à me dire,

on se voit à la maison », dit-il, et son ton est déjà, sans aucune équivoque, hostile.

« Mais non, écoute… »

« Quoi ? »

« Rien… tu rentres quand ? »

« Quand je peux. Je te tiens au courant. »

Nous formons un couple solide. Ce qui n'exclut pas que toute réticence engendre irritation et soupçon.

Telle est l'interminable conséquence d'une petite infidélité, à peine plus que virtuelle, que j'ai commise dans notre prime jeunesse. On est ensemble depuis dix-huit ans.

On s'est justement connus par l'intermédiaire de Giovanna, qui est ma plus ancienne amie.

Je n'ai pas dit *ma plus proche amie* volontairement, en connaissance de cause. Je l'aime, mais… est-ce que je l'aime ? Eh bien, somme toute, je dirais que oui.

Pour être totalement sincère je dois quand même ajouter que si je réussis à compatir, avec un sentiment de solidarité assez authentique, à ses moments de tristesse, ses chagrins et ses désillusions, lorsqu'il s'agit de prendre part à la satisfaction qu'elle retire de ses succès, il me faut presque toujours faire un effort.

Il y a en elle, il y a toujours eu, une légèreté qui est totalement étrangère à ma propre nature, un certain degré d'amoralité qui prend la forme, alternativement, d'un égocentrisme prononcé, d'une frivole indifférence et d'un opportunisme distrait.

Je ne peux donc pas totalement m'ôter de la tête que toutes ses victoires sont l'aboutissement d'un parcours au moins en partie inconvenant, dont un vent presque toujours favorable, et aussi léger qu'elle, se hâte d'effacer les traces et la mémoire, en lui assurant l'impunité et une conscience invariablement tranquille.

En résumé, mon arrière-pensée, quand je la félicite, est plus ou moins celle-ci : *une fois de plus, elle s'en tire bien.*

Malgré cela, nous sommes vraiment amies, et dans un cas comme celui-ci, loin de lui en vouloir de ne pas m'avoir confié sa relation secrète, je lui suis reconnaissante de ne pas m'avoir obligée à être sa complice.

Néanmoins le hasard m'en a rendue témoin.

À cette histoire sont mêlées quatre personnes ignorantes à divers titres, et je suis liée à trois d'entre elles par un pacte de loyauté.

C'est comme dans une partie d'échecs. En protégeant la tour tu mets le fou en danger, si tu manges le cavalier, tu perds la dame. N'importe quel coup comporte un risque pour l'un ou l'autre. N'importe quel choix implique une prise de position en faveur de l'un ou de l'autre.

J'examine toutes les possibilités.

« J'étais au cinéma Lux hier après-midi à cinq heures. »

Il est possible que Giovanna rougisse légèrement, mais ce n'est pas sûr. Il est plus probable qu'elle gagne du temps et prenne un air indifférent, en attendant que je me découvre.

« Tu as vu quel film ? »

« Le film turc. »

« Ah. Moi aussi je l'ai vu à cette séance. Comment ça se fait qu'on ne se soit pas croisées ? »

« Je suis partie avant la fin. »

« Dommage ! La fin… »

Ici je l'interromps, un peu brutalement :

« *Je t'ai vue. Je* vous *ai vus.* »

À partir de là, l'éventail des hypothèses quant à la tournure que pourrait prendre notre dialogue est trop vaste, pour l'instant je n'ai pas le temps de les examiner toutes.

Entre-temps la clientèle du bar a changé plusieurs fois.

Ce n'est pas le genre d'endroit où on reste très longtemps.

Je me fais apporter un autre dry martini par un serveur qui lutte sans trop d'efficacité contre sa propre apathie.

Je passe à la deuxième option.

« *Tu m'as trouvée bizarre au téléphone parce que j'étais bouleversée.* »

Bouleversée ne me plaît pas, ça me paraît exagéré.

« *Tu m'as trouvée bizarre au téléphone parce que j'étais troublée.* »

Troublée non plus ne me plaît pas, c'est trop littéraire, ça sonne faux.

Mieux vaut être plus directe, sans préambule.

« *Au cinéma j'ai vu Giovanna avec un homme que je ne connais pas, ils étaient en train de s'embrasser.* »

Imaginer la réaction de Nicola (mon mari s'appelle Nicola), je trouve ça beaucoup plus facile.

Lui et Walter sont très amis.

Une amitié virile, franche, apparemment sans arrière-pensées.

En outre, à la différence de Giovanna et moi, ils se fréquentent presque quotidiennement. Ils font du sport ensemble, ils prennent l'apéro. Ce genre d'amitié que j'ai toujours envié, et qui exclut *statutairement*, pour ainsi dire, toute intention réciproque qui ne soit pas formulée explicitement, toute allusion, et même toute opinion qui ne supporte pas ouvertement la confrontation.

Il se lève d'un coup, le visage cramoisi (je me porte garante du fait qu'il rougit), déception et rage déforment ses traits et, juste après, ses mots deviennent des injonctions – dont la violence atteste de sa détermination inflexible à vaincre mon éventuelle réticence à obéir.

Il pourrait aussi les formuler selon le schéma d'un chantage :

« *Soit tu obliges immédiatement Giovanna à informer Walter, soit c'est moi qui vais chez lui, ce soir même ! Tu te rends compte qu'à partir de maintenant, si on ne lui dit pas ce qu'on sait, nos relations seront irrémédiablement faussées ?! Quelle tête je devrai faire en l'écoutant me parler de sa femme ?* »

L'honnête affection qu'il porte à son ami suffirait peut-être à expliquer la véhémence de sa réaction, mais il faut aussi préciser qu'il ne trouve pas Giovanna sympathique. Autrefois ils étaient amis.

En fait, à dire vrai, j'ai toujours pensé qu'à une certaine époque, avant notre rencontre, il a eu un faible pour elle.

Je ne sais pas s'il s'est passé quelque chose, je ne lui ai jamais posé la question, au fond je n'ai pas envie de savoir. Mais son antipathie pour Giovanna a un arrière-goût de rancœur, ou d'orgueil blessé.

Quoi qu'il en soit, cette deuxième option se traduit par un nœud impressionnant de trahisons réciproques.

Giovanna trahit Walter. Elle nous trahit aussi, ainsi que notre conviction confiante que leur mariage est heureux.

Moi je trahis Giovanna (qui m'a trahie moi, en me

faisant croire qu'elle est fidèle à son mari), en révélant à Nicola son infidélité et en laissant Nicola la révéler à Walter.

Ou bien : je trahis Giovanna en parlant à Nicola et Nicola trahit Walter en ne lui révélant pas que Giovanna le trahit (mais cela me semble hautement improbable), sans oublier la trahison de Giovanna envers son mari, et aussi envers nous, et envers moi plus particulièrement.

Troisième option. Je ne dis rien, ni à Giovanna, ni à Nicola, ni à Walter.

De cette manière il est impossible de dire que je trahis vraiment quelqu'un… à moins que si ?

Dans tous les cas, sur mon avenir, en famille et en amitié, pèse, avec tout le poids d'une hypothèque, la nécessité de me taire, de faire semblant et dissimuler, au moins jusqu'à ce que le souvenir de ce que j'ai vu ait définitivement disparu.

Tout compte fait, il me semble que la première option est préférable aux autres.

Elle se caractérise par une loyauté qui s'accorde mieux avec mon sens moral, et elle présente l'avantage de limiter, au moins pour le moment, mes responsabilités.

Si je révèle uniquement à Giovanna ma découverte, je lui laisse le choix de confesser ou de ne pas confesser à Walter l'infidélité qu'elle a commise, en me réservant la possibilité d'influer sur son comportement (à elle) par mes conseils.

À deux reprises son portable sonne dans le vide.

Finalement, au troisième dry martini que je descends en négligeant la sensation de nausée qui commence à m'envahir, sa voix brise l'alternance neutre de sons et de silence.

Elle me répond essoufflée.

C'est comme si je la rejoignais enfin, après l'avoir obstinément suivie à travers le dédale d'une casbah. Dans l'ombre mystérieuse d'un passage, j'ai posé résolument la main sur son épaule et je l'ai obligée à s'arrêter et à me regarder dans les yeux.

Cette impression se dissipe en un clin d'œil, dès que j'entends le ton allègre avec lequel elle s'exclame :

« Manu ! » (Je m'appelle Emanuela, mais presque tout le monde m'appelle Manu.)

« Salut, Giovanna, je te dérange ? »

« Oui, en fait tu me déranges... non, je plaisante, je suis en train de rentrer à pied, je suis restée assise deux heures dans un cinéma... Bon, dis-moi, ça t'ennuie si je continue à marcher ? C'est urgent ? J'ai vu que tu m'as appelée deux fois... »

« J'ai besoin de te parler... »

« Ah. Mais ça t'embête qu'on se parle au téléphone ou... Excuse-moi une seconde. »

Je l'entends chuchoter quelque chose à travers de nombreux bruissements, puis sa voix se reprend nettement, comme si elle s'était débarrassée d'un trop-plein d'euphorie.

« Non, désolée, j'étais en train de saluer un ami. Et donc : ça t'embête qu'on se parle au téléphone ou... »

« Oui, je préférerais te voir. »

« C'est du sérieux alors. Ça te va demain ? »

« Ce soir tu es occupée ? »

Je déteste le rôle qu'elle m'oblige à jouer.

Je veux dire : il me semble lui avoir fait comprendre clairement qu'il s'agit d'une chose urgente. Elle a vraiment besoin de m'obliger à la pourchasser de cette manière, en m'échappant à chaque phrase ?

« Non, je suis à la maison, mais je dois aider Fabio à faire ses devoirs, et Walter devrait rentrer dans moins d'une heure... Je ne sais pas de quoi tu veux me parler, mais on n'aura pas beaucoup de temps. »

« J'arrive chez toi d'ici un quart d'heure. »

« Comment ça un quart d'heure ? Mais moi j'étais en train de rentrer à pied... Bon je prends un taxi... Taxi ! Taxi ! » je l'entends crier avant de raccrocher.

***

Vraiment, je ne m'attendais pas à une réaction de ce genre.

Pour commencer, elle éclate de rire.

Un rire bête, puéril, d'écolière polissonne, tout en tremblotements et couinements qui, par contraste avec le timbre grave de sa voix, produit un effet désagréablement dissonant.

Puis elle se reprend, et elle se précipite pour faire une apparition dans le couloir qui donne sur la porte du salon :

« Fabio adoré, mon trésor, commence ta dictée avec Antonietta, et puis je viendrai et on la corrigera ensemble... Ça ne vous dérange pas, Antonietta ? J'ai besoin d'un quart d'heure, vingt minutes maximum. »

Elle ferme la porte et s'approche de moi, avec une démarche féline.

Elle a effectivement rougi un peu, mais ce n'est

absolument pas la teinte cramoisie à laquelle je m'attendais, aucune trace apparente de honte ni de contrition.

Émotion et plaisir, plutôt. Yeux pleins d'étincelles, lèvres ouvertes.

« Oh, Manu ! dit-elle dans un souffle, en s'asseyant près de moi, je suis amoureuse, folle amoureuse ! »

Il s'ensuit un silence imprégné de souvenirs palpitants dont je me sens exclue, ce qui m'exaspère.

« Et quelles sont tes intentions ? » je lui demande, sans réussir à éviter à ma voix une intonation légèrement irritée. Ses yeux expriment une candide surprise.

« Mais je n'en sais rien ! Je suis heureuse heureuse heureuse ! Tellement heureuse ! »

Je ne peux m'empêcher de visualiser l'effrayant mouvement rotatoire de son bonheur assené quatre fois, je le vois tourbillonner follement au-dessus de nos têtes et puis se diriger vers nous comme un immense météorite, avant de s'abattre sur l'appartement, en fracassant irrémédiablement le tranquille rituel domestique : chemises repassées, post-it sur le frigidaire, aspirateur, femmes de ménage, devoirs, dentifrices...

« Et Walter ? » je demande, dans l'intention de provoquer au moins un réveil partiel de sa conscience.

« Je l'aime tellement », dit-elle, sur un ton de gratitude émue qui semble exclure une quelconque opposition entre son bonheur météoritique et l'affection pour son mari.

Avant mon départ, Giovanna réussit à m'extorquer la promesse que je n'en parlerai à personne, *pas même à Nicola, jure-le-moi !*

Et moi, je lui extorque celle de se résoudre à faire un choix clair et définitif : soit avec Walter, en respectant le serment de fidélité qu'engage le mariage, soit avec Marcello (entre-temps j'ai appris qu'il s'appelle Marcello), en payant courageusement les conséquences de son choix.

Avec un grand sentiment de malaise, je dois aussi assister au retour du toujours gentil et cordial Walter, accueilli en grande pompe par Giovanna, Fabio sautant dans ses bras et serrant son père et sa mère pour former le tableau d'une parfaite harmonie familiale.

De mon côté je passe une soirée plutôt pénible.

Pour commencer, à mon retour Nicola est déjà à la maison. Il ne m'a pas attendue pour dîner et il est en train de manger, seul, devant la télévision.

Je remarque qu'il répond à mon salut sans me regarder, sans cesser de mastiquer, et sans modifier en rien sa posture.

Notre fille Adele doit avoir senti qu'il y a de l'orage dans l'air, et elle est allée se réfugier dans sa chambre. J'ai à peine ouvert sa porte que je me retrouve prisonnière de son regard sombre et inquisiteur.

« Qu'est-ce qui se passe ? » me demande t elle au bout d'un moment, sur un ton accusateur.

« Rien », je réponds.

Adele contourne ce *rien* avec une indifférence dédaigneuse et elle insiste :

« Tu étais où ? »

« Au cinéma. »

« Avec qui ? »

« Seule. »

« Vous feriez mieux de vous mettre d'accord », me dit-elle avec dureté.

Je m'apprête à exiger une explication, quand elle m'intime avec rudesse :

« Ferme la porte, s'il te plaît. »

Je n'ai jamais réussi à neutraliser un soupçon. Le soupçon le plus injustifié opère sur moi comme un puissant maléfice.

Sous un regard inquisiteur, mes lèvres se tordent en un sourire faux, mes yeux prennent la fuite, mon visage prend une expression misérable, trop souvent traversée de tics incontrôlables, je suis coincée dans un piège ignoble dont il m'est impossible de me libérer.

C'est dans cet état précis que je viens m'asseoir à côté de Nicola, et l'espace exigu qu'il m'accorde sur le canapé, en s'abstenant du moindre mouvement susceptible de m'encourager à l'occuper, n'est pas moins vaste que celui que j'ai la sensation de mériter.

« Tu as bu », dit-il froidement, et son regard va de l'écran à son assiette, puis retour à l'écran.

« Un martini, au bar. » Je l'admets d'une voix incertaine.

J'en avoue un seul, et les deux martinis dissimulés luisent déjà sinistrement, telles les pièces d'or d'un butin de pirate.

Son bref coup d'œil est assez glacial pour me faire comprendre qu'une quelconque rétractation arriverait désormais trop tard.

« J'ai parlé avec Walter cet après-midi. »

Je traduis mentalement l'information : *cet après-midi* signifie *avant ce soir*, par conséquent je ne suis pas obligée de justifier ma visite non programmée à Giovanna, à moins qu'il ne vaille peut-être mieux…

« Il m'a dit que Giovanna était avec toi au cinéma. »

Ce n'est pas exactement la situation mais, selon mon

calcul fébrile, avaliser cette version des faits me permettrait de respecter la promesse faite à Giovanna, et présenterait pour moi l'avantage inestimable de contenir un lambeau de vérité auquel je pourrais me cramponner.

Je le vois apparaître au loin dans le noir, tel le dernier autobus qui s'approche la nuit. Le prendre au vol, et retrouver la chaleur, la sécurité, en se dirigeant vers une destination familière.

Bien sûr, pourquoi pas ?

Au cinéma, au fond, on était ensemble toutes les deux ; les baisers et Marcello sont des éléments accidentels qui peuvent être supprimés, au moins pour le moment, sans dégâts notables.

« On s'est rencontrées là-bas », je réponds, avec angoisse.

Durant le silence qui suit les portes se ferment, me laissant à terre.

De l'obscurité émergent des formes inquiétantes.

« Et puis tu es allée boire un martini. Toute seule. »

« Non, pas toute seule, avec… »

« C'est toi qui l'as dit. »

Quand ?

Je ne sais plus ce que j'ai dit. Peut-être est-ce un piège. Peut-être puis-je insister.

« Je suis allée avec Giovanna dans un bar pas loin, et puis… »

« Tu es pathétique », m'interrompt Nicola, en se levant et en balançant rageusement sa serviette sur la table basse.

Chaque fois que je me sens coupable, je fais le ménage. Je range tout et je fais la vaisselle avec une précision particulière. Et même, dirais-je, avec une ferveur passionnée.

Dans ces moments-là je me sens capable de frotter une poignée de porte interminablement. Autrement dit, approximativement jusqu'à ce que son éclat reconnaissant m'ait restitué une portion raisonnable d'estime de moi-même.

Pourtant cette fois, quand je m'allonge à côté de Nicola, totalement épuisée, vers deux heures du matin, une foule de pensées m'empêche de récupérer une dose de sérénité suffisante pour rendre le sommeil possible.

Nicola dort, ou peut-être fait semblant de dormir, recroquevillé à l'autre bout du lit, me tournant le dos avec irritation.

Notre chambre est totalement plongée dans une atmosphère de rancœur menaçante.

C'est une situation douloureuse, sans aucun doute ; toutefois, en l'examinant avec pondération, je parviens à me rendre compte qu'elle présente au moins un aspect positif, au sens où elle pourra difficilement déboucher à brève échéance sur une confrontation directe, pour laquelle je ne suis pas encore prête.

Moi, en général, je ne suis pas quelqu'un d'impulsif, j'ai tendance à réfléchir avant d'agir, et dans un cas aussi épineux un délai m'est d'autant plus nécessaire.

Je réfléchis.

Avant tout, je tente de me souvenir.

Lui ai-je vraiment dit que j'étais toute seule au bar ?

C'est possible, j'étais distraite par d'autres pensées à ce moment-là, si bien que je ne réussis pas à me souvenir.

Mais si, moi, je doute de moi-même, il n'est pas

impossible qu'en affirmant avec assurance qu'en fait j'étais avec Giovanna, je parvienne à le pousser, lui, à douter d'avoir entendu ce qu'il dit avoir entendu.

Pourquoi donc ma présumée affirmation, quand j'étais au bar (à savoir que j'y étais seule), devrait-elle être aussi tenacement imprimée dans sa mémoire qu'il serait impossible de l'en éradiquer ?

Peut-être parce qu'il s'agissait de mon imprudente réponse à sa question déjà imprégnée de soupçon ?

Dans ce cas, cependant, je pourrais me défausser sur un moment de distraction, peut-être ai-je répondu sans faire attention à la question, peut-être pensais-je à autre chose… *ah, maintenant je me souviens : le serveur, un type plutôt grossier, était en train d'apporter nos verres sur une table encore encombrée des restes des consommateurs précédents, et moi, tout en parlant au téléphone, je tentais de lui faire comprendre par gestes…* je pourrais dire un truc dans ce genre.

D'un autre côté, ce serait de toute façon plus crédible que si je rétractais mes propos tenus au salon ce soir, à savoir que j'étais avec Giovanna.

Cela, je m'en souviens parfaitement, et il va de soi qu'il ne peut pas l'avoir oublié.

Il convient sans aucun doute de m'en tenir à cette version.

Pas seulement par loyauté envers Giovanna, désormais.

Un mensonge obstiné est souvent plus convaincant qu'une vérité invraisemblable.

Je dois absolument tenir compte du fait que Nicola ne croit pas que j'étais seule.

À l'évidence, il ne croit pas non plus que j'étais avec Giovanna.

Mais, alors que le fait que j'étais avec Giovanna est une version que Giovanna elle-même pourrait soutenir, personne ne pourrait se rallier à la vérité (au fait que j'étais seule)…

J'entends Nicola ronfler (peut-être fait-il semblant), et je vois bien ce qu'il peut avoir imaginé : j'étais avec un homme, peut-être même chez lui.

Or *lui* avait désormais presque vaincu ma fragile résistance, à l'aide d'un quelconque drink fortement alcoolisé, lorsqu'un scrupule, une ultime appréhension m'ont poussée à me lever et m'écarter, titubante, pour téléphoner (à lui, mon mari), empêchant au passage son potentiel appel à un moment d'autant plus inopportun.

Un appel cyniquement stratégique, rendu cependant inefficace par mon embarras évident et mon incapacité à exprimer un quelconque commentaire sur le film que je prétendais avoir vu.

À ce stade de ma réflexion, une pensée secondaire m'en détourne.

Je me retrouve dans un labyrinthe complexe.

Ma loyauté envers Giovanna rend impraticable le chemin simple et direct de la sincérité.

D'une manière ou d'une autre, je dois mentir à Nicola.

Alors que Giovanna, qui a menti à Walter, peut avancer tranquillement le long d'un parcours sans obstacles que moi-même, sans le vouloir, j'ai contribué à rendre plus aisé.

Walter ne m'a-t-il pas de fait trouvée chez lui, en rentrant du travail sans aucun soupçon ?

Ce qui était naturel, vu que, d'après ce que lui a dit Giovanna, nous avons passé l'après-midi ensemble.

En outre, contrairement à moi, Giovanna sera probablement capable de répondre avec suffisamment de pertinence à chaque question que Walter voudra lui poser sur le film, qu'elle a dû au moins avoir entrevu, entre deux baisers, alors que moi je n'en ai même pas vu la fin.

Le revoilà, le petit vent amical qui efface les traces de son égoïsme et de son manque de prévenance.

Je poursuis.

S'il imagine que je suis infidèle et menteuse, à quoi Nicola pourra-t-il attribuer le mensonge que Giovanna a fait à Walter (le fait que j'étais au cinéma avec elle), sinon à son sentiment honnête d'amitié pour moi, et par conséquent à un désir compréhensible de me protéger, en couvrant mon infidélité ?

Mais quel motif aurait bien pu me retenir de dire à Nicola que je suis allée au cinéma avec Giovanna ?

Peut-être m'est-il paru moins risqué de dire que j'y suis allée seule, peut-être...

Mais oui, dire qu'on y était ensemble a été sans aucun doute une initiative que Giovanna a prise imprudemment, sans me mettre aussitôt au courant, et voilà que moi j'ai réduit à néant sa secourable invention par une autre invention, de trop médiocre qualité cependant, pour tromper un auditeur avisé comme Nicola.

Oui, mais moi aussi je pourrais arguer de ma présence incontestable chez Giovanna, *vas-y, tu n'as qu'à demander à Walter s'il ne m'a pas trouvée chez lui*, comme d'un argument en faveur de la version accréditée par Giovanna elle-même, et désormais devenue fatalement incontournable pour moi aussi, à savoir que nous avons passé l'après-midi ensemble, d'abord au cinéma, puis au bar, et à la fin, tout naturellement, chez Giovanna…

Je comprends aussitôt que cela ne permettrait pas de me disculper, au contraire.

Le soupçon qui m'a pourchassée jusqu'ici me débusquerait tout autant dans le salon du confortable appartement de nos amis : sans aucun doute, m'être arrangée pour que le naïf Walter me trouve chez eux apparaîtrait, aux yeux du méfiant Nicola, comme une manière odieusement dépourvue de scrupules de me constituer un alibi.

En outre… Giovanna… et si… cependant…

Je m'endors à l'aube sans avoir trouvé d'issue. Aucun fil d'Ariane n'a jailli de mes réflexions confuses.

Et au réveil, vers midi, je suis d'humeur maussade, et Nicola est sorti sans même me dire au revoir.

***

« Manu… »

La voix de Giovanna a un ton de conspiratrice qui aussitôt m'alarme.

« Tu es seule ? Je peux te parler ? »

« Moi d'abord. »

« D'accord, mais dépêche-toi, j'ai très peu de temps, je suis dehors avec Walter, je me suis éloignée un instant avec l'excuse… »

Je l'interromps et je dis avec une hâte rageuse :

« J'ai passé une soirée et une nuit infernales, Walter a dit à Nicola que toi et moi on était au cinéma ensemble, alors que moi je lui avais dit que j'y allais seule, et le résultat, c'est que lui, maintenant, pense que... »

« Oui, oui, je sais, je voulais te le dire, mais ensuite j'ai oublié. De toute façon tout est résolu, parce que Walter t'a trouvée à la maison en rentrant et donc il peut témoigner... J'arrive ! » crie-t-elle, vraisemblablement à Walter.

Puis, reprenant une voix très basse :

« Écoute, en vitesse, je t'expliquerai mieux après, aujourd'hui je t'accompagne chez le dentiste, O.K. ? »

« Chez le dentiste ? »

« Chez le dentiste, oui, répond-elle, impatiente, parce que tu ne veux pas y aller toute seule... à cinq heures, c'est bon ? Je lui dis que le rendez-vous va durer longtemps, que je ne sais pas à quelle heure on aura fini... »

Et changeant soudain de ton :

« Je ne peux pas, Manu, j'ai promis à Walter de l'accompagner choisir une nouvelle télévision... mais arrête ! Peur de quoi ? Tu n'es plus une enfant... »

Je finis par saisir le sens de ce qu'elle est en train de dire :

« Giovanna ! Je t'interdis... »

Je lutte, je me débats, pour ne pas être submergée par la vague de colère impressionnante qui est en train de monter, monter, qui me suffoque et m'empêche presque de parler.

Giovanna en profite pour poursuivre :

« D'accord, Manu, je vais essayer, je ne te promets rien, mais je vais essayer... à cinq heures, d'accord, si j'y arrive... »

J'ignore ce qu'en dirait un psychanalyste, je ne suis

jamais allée chez un psychanalyste, je déteste parler de moi.

Plus précisément, ce que je veux dire, c'est que je me demande ce que dirait un psychanalyste de tout ça.

Giovanna vient de raccrocher, sans me laisser le temps de répondre ; je rappelle, je laisse sonner. En vain.

La rage monte, les doigts m'en tremblent. Pendant un instant je suis tentée d'appeler Walter.

Le voilà, *Walter*, avec, entre parenthèses, *Giovanna* (notre tapissier aussi s'appelle Walter).

Mon index descend lentement en piqué sur son prénom.

Il s'arrête à quelques millimètres à peine sur l'écran. Il vibre. Plane…

Je ne peux pas faire ça, je ne peux pas.

C'est profondément contraire à mes principes.

Appels récents. Giovanna. Giovanna. Adele. Adele. Giovanna. Tous sans réponse.

Nicola 13:10. Nicola 13:31. Nicola 13:32. Nicola 14:42. Nicola 15:08. Ce qui en fait cinq.

Tous sans réponse, naturellement.

Qu'est-ce que je peux faire ? Essayer ? Rappeler ? Je dois lui parler, je dois lui expliquer. J'appelle ? Oui, j'appelle. Éteint.

Correspondant actuellement indisponible.

Je peux lui envoyer un message.

Comme ça, sans en parler à Giovanna ? Sans la préparer ? Sans lui donner la possibilité de… qu'est-ce que ça peut me faire ?

Tant pis pour elle. Est-ce qu'elle a eu des scrupules à m'embarquer dans cette histoire ?

Oui. Non. Oui. Non…

Non, non, je n'y arrive pas.

Ça aussi, c'est contraire à mes principes.

Je dois la prévenir.

C'est ça, c'est bien de la prévenir, pas de lui demander son avis, évidemment.

De toute manière elle ne répond pas au téléphone.

Mieux comme ça. Par SMS. Par SMS c'est ce qu'il y a de mieux à faire.

Je tape fébrilement sur les touches :

Ça suffit, Giovanna, la situation est insupportable, je raconte tout à Nicola, et puis j'appuie sur ENVOYER.

Et je me rends compte, un instant trop tard, que j'ai envoyé le message… à Nicola.

J'aperçois, dans une espèce de brume, une dame avec un chapeau bizarre (je me trouve en ce moment au carrefour de deux rues, tout près de chez moi), un arbre sans feuilles, et une mouette arrogante qui atterrit sur une benne à ordures.

Le téléphone s'éteint.

Black-out.

« Giovanna a appelé, me dit, glaciale, Adele, en me croisant dans le couloir, elle a dit pas de dentiste. Et que tu la rappelles, pour qu'elle t'explique. »

Elle ne me regarde pas, mais son ton contient une dose de venin qui me coupe le souffle.

« Je ne savais pas que tu avais des problèmes de dents », ajoute-t-elle, perfide, avant de se glisser dans sa chambre.

« Non, en fait c'est Giovanna qui… » je balbutie dans son dos.

« Laisse tomber, garde tes explications pour papa », me dit-elle, en claquant la porte.

Je le trouve dans notre chambre, occupé à se choisir une chemise propre.

Je constate avec soulagement l'absence d'autres vêtements, valises ouvertes, billets, clés et autres indices d'un adieu imminent.

« Nicola… »

Le ton de fermeté que j'ai voulu conférer à ma voix tient à peine les deux premières syllabes, la troisième s'effondre catastrophiquement, transformant l'ouverture d'une orgueilleuse autodéfense en misérable imploration.

« Les explications, plus tard, on est invités à dîner chez Walter et Giovanna… »

« Chez Walter et Giovanna ? »

« Oui, je suis désolé, une épreuve supplémentaire pour toi », répond-il avec un calme terrifiant, en attachant ses boutons de manchette.

« Dis-moi, j'ai essayé de t'appeler cinq ou six fois… » lui dis-je, en le suivant dans l'entrée.

« J'ai laissé mon portable au bureau, je vais le chercher, répond-il sèchement. On se voit chez Walter. » Et il ouvre la porte de notre appartement.

« À huit heures », ajoute-t-il, en refermant la porte.

Et je sens que cette précision contient une menace implicite.

***

Je ne vois pas pourquoi je devrais me justifier pour ça.

Qui aurait agi différemment dans un cas pareil ? À supposer qu'un cas pareil ait jamais existé.

J'ai bu trois dry martinis, avant de monter chez Giovanna. Par conséquent il est possible que mes impressions initiales soient légèrement faussées.

J'arrive avec un quart d'heure de retard et ils sont tous déjà là à siroter des apéritifs et à mastiquer des cacahouètes.

Du brouillard émergent : des signes d'intelligence incompréhensibles envoyés par Giovanna ; les yeux de Walter qui me scrutent avec une intolérable gravité ; son bras protecteur qui entoure les épaules de Nicola.

Lequel ne me regarde pas.

Il ne me regarde pas.

Il ne me regarde pas.

Puis il me regarde.

Une, deux, trois, quatre secondes.

Cela se produit pendant que les deux autres sont à la cuisine.

Je ne sais pas comment cela est techniquement possible, mais le regard de Nicola, qui me fixe durant quatre secondes d'une extraordinaire densité, désigne, impérieusement et significativement à la fois, la direction de la poche de sa veste, d'où s'échappe son téléphone portable.

De la brume épaisse des trois dry martinis émerge avec une lueur sinistre le SMS destiné à Giovanna :

La situation est insupportable, je raconte tout à Nicola.

À peine ai-je vu étinceler le sens que Nicola peut avoir perçu dans ce malheureux message que Giovanna et Walter rentrent au salon avec le vin et les plats.

Étrange atmosphère.

Nicola et moi, on ne s'adresse pas la parole.

Au contraire, Walter et Giovanna ont l'air constamment occupés à contenir la débordante exubérance de leur bonheur conjugal, probablement pour ne pas nous humilier.

Et Antonietta, qui fait le service à table, soupèse à la dérobée, avec une satisfaction contenue, l'inestimable avantage dont elle a la chance de jouir, en travaillant pour un couple aussi merveilleusement soudé.

À un certain moment, Giovanna réussit malgré tout à m'attirer hors du salon, sous prétexte d'embrasser Fabio qui nous réclame toutes les deux dans sa chambre.

« Tu as dit quoi à Nicola ? » me demande-t-elle, l'air excitée, dans le couloir.

« Encore rien, comme tu vois, mais ce soir je suis absolument décidée… »

« Seigneur, tant mieux ! » s'exclame-t-elle, soulagée, en ignorant le ton amer sur lequel j'ai répondu. « Parce que moi j'ai été obligée de parler à Walter… »

« Tu as parlé à Walter ? » je lui demande, incrédule.

« Je ne lui ai pas parlé de Marcello, évidemment, s'empresse-t-elle d'expliquer, mais j'ai été bien obligée de lui dire qu'on n'était pas ensemble au cinéma. »

« Tu lui as dit ça ? »

« Je lui ai dit que j'y étais seule, oui. C'est-à-dire, qu'au départ je lui avais menti. Je n'ai pas pu faire autrement. Apparemment Nicola a découvert que toi, tu n'y étais pas. C'est ce qu'il a dit à Walter. »

« Que je n'y étais pas ! Mais tu sais parfaitement que j'y étais, moi ! »

« Eh bien, je l'ai su seulement après, si bien que dans un certain sens… »

« Tu veux dire que tu m'as contredite, après que moi, pour ne pas te démasquer… »

« Mais j'ai cru que c'est toi qui le lui avais dit ! C'est seulement après que j'ai compris que Nicola était arrivé à cette conclusion tout seul, mais à ce moment-là il était trop tard, comment j'aurais pu changer de version ? Il paraît que Nicola a appelé le cinéma pour savoir à quelle heure le film s'était terminé, et comme tu lui avais téléphoné presque vingt minutes avant la fin, lui a additionné deux plus deux, et il en a déduit… »

« Giovanna, tu te rends compte de la situation dans laquelle tu m'as mise ? Je risque de voir mon mariage sombrer, sans avoir commis aucune faute, si ce n'est que j'ai respecté la promesse ignoble que tu m'as extorquée pour pouvoir faire tes petites affaires… »

« Ce n'est pas moi qui t'ai mise dans cette situation ! me répond-elle, piquée au vif. Je me suis contentée de dire à Walter que j'étais allée au cinéma avec toi, et il va de soi qu'il n'aurait jamais eu l'idée d'enquêter si toi… »

« Si moi je n'étais pas allée au cinéma ? »

« Non ! Si toi tu n'avais pas éveillé les soupçons de Nicola en commençant par dire une chose, et puis une autre ! »

« Et comment pouvais-je deviner que j'étais censée dire que j'étais au cinéma avec toi ? Et puis tu sais parfaitement que je déteste mentir, et que je ne l'aurais jamais fait si toi tu n'avais pas… »

« Et puis il y a eu l'histoire du tapis. »

« Quel tapis ? »

« Quand tu es entrée comme une furie, Antonietta était en train de passer… »

Seigneur, c'est vrai.

J'avais complètement oublié.

Mais quelle importance cela pouvait-il bien avoir à ce moment-là ?

En entrant chez Giovanna hier soir, j'avais bousculé Antonietta, qui était en train d'apporter je ne sais où une bouteille de je ne sais quoi, et le contenu de la bouteille s'était renversé sur le tapis.

Ceci avait provoqué sur le moment quelques exclamations de regret et de faibles excuses, mais que représentait un tapis taché en comparaison de la découverte que je venais de faire ?

Comment pouvais-je savoir que…

« … le fait est que plus tard Walter s'en est rendu compte et il a grondé Antonietta, et alors Antonietta s'est défendue en disant que c'est toi qui l'avais heurtée en entrant, et donc à ce stade il apparaissait clairement qu'on n'avait pas été ensemble, et c'est ainsi, après que Walter a parlé avec Nicola, évidemment en cherchant à le rassurer, tu peux en être sûre, que lui aussi a additionné deux plus deux… »

Tous ces gens qui additionnent deux plus deux pour aboutir à des résultats aussi absurdes, ça me donne le vertige.

Et cela abstraction faite des trois dry martinis, qui sont désormais totalement évaporés.

« Tu n'imagines pas à quel point c'était difficile, j'ai vraiment dû me raccrocher à n'importe quoi pour te disculper. »

Pour me disculper ! Alors là, c'est le comble.

« Oui, parce qu'à ce stade qu'est-ce que Walter pouvait bien penser, sinon que j'ai dit que j'allais au cinéma avec toi pour te protéger, pour te fournir un alibi… »

En effet, à quoi d'autre Walter pouvait-il bien penser ?

« J'espérais pouvoir te voir seule, ajoute-t-elle avec une douceur inattendue, mais les choses ont traîné en longueur, et en plus Walter avait eu cette idée de dîner, parce qu'hier il a trouvé Nicola tellement déprimé, et tu sais comme il l'aime. Maintenant il faut absolument qu'on se voie pour mettre au point une stratégie, sinon on risque de se contredire, tu vois ce que je veux dire ? »

« Giovanna, peut-être que tu as du mal à comprendre, mais moi je ne veux mettre au point aucune stratégie. Je veux dire la VÉRITÉ ! Je sais bien que pour toi ce mot n'a aucun sens… »

« Je ne comprends pas pourquoi tu veux me blesser, alors que j'ai fait tout mon possible pour te défendre et toi… »

« Pour me défendre ?! »

« Bien sûr que oui, dit-elle d'une voix geignarde. Tu ne te rends pas compte qu'au point où on en est, on ne peut plus dire toute la vérité… »

« Giovanna… »

« Je ne te demande plus d'attendre un mois, Manu, dit-elle en scandant solennellement les mots, je te demande une journée ! Tu peux bien m'accorder une journée ! »

« Giovanna… »

« On en parle demain, ajoute-t-elle à la hâte, en se dirigeant vers le salon, avant le dentiste… »

« Eh bien vas-y, fais-le », m'ordonne durement Nicola, à peine sommes-nous dans la voiture.

Il me faut quelques secondes pour comprendre qu'il est en train de répondre à mon SMS, *je raconte tout à Nicola*, voilà ce j'ai écrit.

« Le message ne t'était pas adressé », dis-je stupidement.

Il me lance le regard que je mérite amplement qu'il me lance.

« Tu te moques de moi ? »

« Non, je veux dire que… »

« Que bien mal acquis… ? Je sais, c'est vraiment dommage, mais qu'est-ce que j'y peux, moi… »

« Non, je veux dire que ça ne nous concerne pas, enfin que ça ne me concerne pas… »

« Ah, non ? Et ça concerne qui ? » rétorque-t-il d'un ton sarcastique.

« Ça concerne… Giovanna. »

C'est peut-être seulement une impression, mais il me semble le voir rougir.

Je pourrais me tromper, évidemment, le seul éclairage est celui, jaunâtre, d'un lampadaire.

Et puis soudain, la lueur du briquet avec lequel il s'allume nerveusement une cigarette.

Je ne sais pas très bien comment interpréter le bref silence qui suit. Nicola semble perdu dans ses pensées, comme quelqu'un qui se livre à un calcul mental plutôt compliqué.

Le résultat coïncide probablement avec son bilan

prévisionnel, parce qu'il prononce la question suivante sur un ton nettement plus détendu.

« Quelle raison aurais-tu de vouloir me dire à moi quelque chose qui concerne Giovanna ? »

« Parce que tu ne me crois pas. »

« Qu'est-ce que je ne crois pas ? »

« Que moi, hier… »

« Que tu es allée au cinéma ? Non, je n'y crois pas. Mais je ne suis pas présomptueux au point de me fier uniquement à mes impressions. Et par conséquent j'ai vérifié. Je *sais* que tu n'es pas allée au cinéma. »

« Mais j'y suis allée, c'est juste que… »

« Raconte-moi le film. Allez. Pas l'histoire que j'ai lue moi aussi dans le journal. Le film comme tu l'as vu, toi. Fais-moi passer un bon moment. »

« Mais je n'ai pas passé un bon moment, parce que… »

« Parce que tu ne l'as pas vu. »

« Je ne l'ai pas regardé ! Je n'ai pas pu… »

« Parce que tu n'étais pas au cinéma ! hurle-t-il, en balançant la cigarette encore allumée par la fenêtre. Je te laisse une dernière chance, Emanuela, et je te jure que c'est la dernière ! Voilà notre point de départ : tu n'es pas allée au cinéma, et je le sais, parce que tu as fait la bêtise de m'appeler vingt minutes avant la fin du film ! En plus tu sentais l'alcool, en plus tu m'as menti, en plus tu t'es contredite, en plus… »

« Oui, j'ai menti, mais seulement parce que… »

« Parce que… ? »

Je sais que c'est insensé, mais en dépit de tout, je ne peux pas trahir la promesse faite à Giovanna.

Je ne peux pas, c'est plus fort que moi.

Je ne peux absolument pas trahir une promesse !

J'ai donné le biberon à une poupée, parce que je l'avais promis à Adele, qui avait seulement trois ans !

Je l'ai fait ! Je jure que je l'ai fait !

J'étais toute seule à la maison et je me sentais très bête, mais il m'était impossible de ne pas le faire !

Et donc voilà dans quoi je me retrouve à présent.

« Laisse-moi du temps jusqu'à demain, je t'en prie », lui dis-je d'un ton implorant.

« Le temps que tu puisses inventer un mensonge plus plausible ? »

« Non ! Le temps que je puisse te dire la vérité. »

« La vérité n'a pas besoin de temps. Descends ! » m'ordonne-t-il, en ouvrant la portière.

« Nicola, s'il te plaît… »

« J'ai dit : Descends ! Prends-toi un taxi. Et va en enfer ! »

À quel point ma situation s'est ultérieurement aggravée, je l'apprends le lendemain de la bouche de Giovanna. Nous sommes dans une pâtisserie *qui fait d'excellents choux à la crème*, comme elle l'a précisé avec enthousiasme en me fixant rendez-vous.

Nous ne sommes pas tous égaux à cet égard, et Walter, qui a rencontré Nicola à midi devant son bureau, a laissé échapper presque aussitôt, *même si vraiment il n'en avait pas l'intention*, que… *effectivement, oui…* lui aussi avait appris par hasard par la bonne que je n'étais pas avec Giovanna cet après-midi-là, *parce que, justement…* etc., etc.

Après avoir tenté inutilement de calmer le ressentiment

compréhensible de Nicola à mon égard, à l'aide de phrases vaguement consolatrices, *il est improbable qu'un petit mensonge dissimule un grand crime... quoi qu'il en soit il doit s'agir d'une passade... vous êtes un si beau couple*, et ainsi de suite, Walter est rentré à la maison assoiffé de détails que Giovanna a aussitôt déclaré ne pas être en mesure de lui fournir.

Mais ensuite, « ... toi aussi tu peux comprendre qu'à un certain point ça n'était pas crédible, il sait que nous sommes très amies, et alors forcément il fallait bien que je sois au courant. J'ai dit le minimum indispensable, naturellement, seulement des choses vagues, qu'il se pouvait bien que tu aies rencontré quelqu'un, mais que certainement ce n'était pas une histoire sérieuse, et que j'aurais pu jurer qu'il ne s'était encore rien passé de concret, et ensuite j'ai beaucoup insisté sur le fait que je suis sûre que tu aimes Nicola et que jamais tu ne voudrais mettre votre mariage en danger ; en somme j'ai fait tout ce qui était en mon pouvoir pour résoudre cet incroyable imbroglio... » me dit-elle, en me demandant avec les yeux la permission de manger mon chou, que j'ai laissé sur l'assiette sans y toucher.

Après quoi, *elle doit immédiatement filer chez le dentiste, mais ça sera la dernière fois, il faut absolument qu'elle explique à Marcello que l'histoire doit s'arrêter, même si elle l'aime, elle l'aime, elle l'aime, mon Dieu qu'est-ce qu'elle l'aime.*

Ça n'a pas été la dernière fois.

Bien entendu, pas toujours des dentistes.

Stylistes, shopping, coiffeurs.

Une fois aussi, un stage de yoga, pas en ville, un long week-end, du jeudi au dimanche.

Mais le dimanche, *hélas*, elle a raté le bus, parce qu'elle s'était attardée à un stand du marché où elle avait vu *quelque chose de ravissant pour Fabio*, mais qu'ensuite elle n'a pas acheté, *parce que, à le regarder de plus près, c'était vraiment une babiole, fabriquée en Chine, peut-être même avec des matériaux toxiques* ; et donc elle *avait dû* rentrer le lundi, *heureuse, heureuse, heureuse*, au moins trois ou quatre fois heureuse, et aucun météorite ne s'est jamais abattu sur son mariage qui a même le vent en poupe et suscite la plus grande admiration.

Le mien, au contraire, a fait naufrage.

À un certain point, j'ai abandonné.

J'ai complètement renoncé à m'orienter à l'intérieur de la vertigineuse cathédrale de mensonges que Giovanna a continué à édifier, un grand nombre d'entre eux impliquant évidemment ma connivence, d'abord récalcitrante, et en fin de compte indifférente.

Ma consolation, dans tout ça, c'est la solidarité affectueuse d'Adele.

Même si elle n'a jamais su mes motivations, elle n'a pu que se rendre compte que ma présumée relation n'existait pas.

Je crois même qu'à un certain point elle a commencé à souhaiter qu'elle existe vraiment.

Elle me regarde avec une grande tendresse, et plus d'une fois nous nous sommes retrouvées à briquer la maison ensemble, frénétiquement, de fond en comble, jusque tard dans la nuit.

Ses rapports avec son père se sont en revanche beaucoup refroidis.

Surtout depuis que lui s'est mis en couple avec Sandra, qui chante avec une belle voix de contralto mais, à part ça, n'est pas très sympathique.

Au bout de six ou sept mois, l'histoire entre Giovanna et Marcello s'est achevée.

J'ai dû lui remonter le moral deux ou trois fois, mais elle s'est rapidement reprise, et je dirais même plutôt très bien.

Elle est de nouveau pleine d'entrain et, comme elle le dit elle-même, elle se sent prête à faire des dégâts partout autour d'elle.

Il n'y a pas eu de conséquences sur sa vie conjugale, comme je l'ai déjà dit, sinon peut-être qu'elle a momentanément perdu un peu d'éclat, un peu d'étincelles.

***

Aujourd'hui j'ai rendez-vous avec elle sur les quais, dans un café presque suspendu au-dessus de la mer, qui est plutôt agitée pour la saison.

C'est une journée de printemps, douce, mais avec un vent insolite.

Malgré ça, Giovanna insiste pour siroter quelque chose à l'extérieur, *parce que ce serait un crime de ne pas profiter d'un peu de soleil chaud après l'avoir attendu tout l'hiver.*

On discute de choses et d'autres. Autant qu'on peut, entre deux rafales.

Puis, je ne sais pas bien comment, elle réussit à me pousser à parler de Nicola, lequel, selon elle, méritait mieux que Sandra, *bien qu'on ne puisse nier qu'elle a vraiment une très belle voix*, dit-elle.

Et elle ajoute :

« Lui est encore un très bel homme… d'ailleurs, en hurlant, pour lutter contre le vent qui s'est désormais violemment levé, je ne crois pas que cela doive rester encore un secret… »

Je vois ses lèvres bouger, je saisis encore quelques phrases :

« … la première fois on était encore des gamins… »

J'entrevois, derrière son ample foulard qui voltige, son regard madré. Mais elle a beau se pencher en avant et hausser encore plus la voix, des paroles qui suivent ne me parviennent que de rares lambeaux incohérents, desquels je ne prends pas la peine de reconstruire le sens :

« … vraiment fort… rallumer… il y a cinq ans… perdu un peu la tête, mais lui et Walter… profonde amitié… je te le jure… une conscience… rupture, même si… difficile mais nécessaire, parce que… et moi… on n'a pas le droit de trahir ses amis », conclut-elle, avec un sourire tranquille.

Et c'est alors que le vent se calme.

Peut-être qu'une fois de plus, c'est elle qu'il avait l'intention de favoriser.

Mais moi, sincèrement, je le remercie.

Instructions pour dépasser les petites vieilles

Interlude

Il peut arriver que l'on soit obligé de dépasser une petite vieille dans la rue.

Supposons qu'un soir, vous soyez en train de marcher rapidement dans une rue de la ville.

Vous n'êtes pas seul à être pressé ; tout autour de vous, plein de gens sont en route vers un rendez-vous, l'arrêt d'un bus, leur voiture, ou chez eux.

En ce qui vous concerne, une soirée en famille vous attend, en compagnie de quelques amis.

Les magasins vont bientôt fermer, et vous n'avez pas encore acheté le vin et les fromages pour le dîner.

Vous êtes presque arrivé devant le magasin d'alimentation vers lequel vous vous dirigez, lorsque vous vous voyez contraint à ralentir, parce que devant vous se trouve une petite vieille.

Elle n'est pas nécessairement voûtée, elle ne s'appuie

pas nécessairement sur une canne, mais elle avance lentement en occupant, avec son cabas en plastique tressé, presque toute la largeur du trottoir.

À ce stade vous pourriez, naturellement, choisir de vous excuser, en l'invitant avec courtoisie à vous céder le passage. Et juste après la dépasser, en vous dirigeant sans faute vers le magasin, dont l'enseigne est encore allumée, mais devant lequel le vendeur est déjà en train de rentrer les caisses de fruits et légumes.

Un comportement de ce genre serait parfaitement sensé, et certainement non répréhensible.

Néanmoins, sans même vous en rendre compte, vous rentreriez chez vous avec une sensation étrange, semblable à un pénible petit vertige, tel un appétit insatisfait, et votre soirée, qui s'annonçait pleine de vie et de joie, en serait irrémédiablement gâchée.

Voici donc mon conseil.

Vous êtes en train de marcher rapidement, les yeux fixés sur votre objectif, le rythme vif de votre démarche vous a désormais conduit juste derrière la petite vieille, à une distance, disons, de cinq ou six mètres.

Il est probable qu'elle vous ait entendu arriver, qu'elle se soit arrêtée, et qu'à ce moment elle soit en train de vous regarder, avec une expression de las désagrément, d'appréhension à peine perceptible et comme délavée.

Vous ralentissez, vous êtes presque à l'arrêt, vous regardez autour de vous et, repérant le passant le plus pressé, vous le suivez d'un regard serein et distant, avec juste une pointe de désapprobation affable, tout en faisant quand même très attention à ne pas croiser les yeux de la petite vieille qui, ne l'oubliez pas, est toujours en train de vous observer.

Forcez-vous à prendre l'air de quelqu'un qui est en train de se promener, remontez le col de votre manteau, par exemple, et frissonnez sobrement à cause du froid de la soirée.

La petite vieille aura remarqué votre comportement, sans pensées particulières et sans curiosité particulière, elle en aura simplement pris acte – comment dire ? – par inertie.

Voici qu'arrive le moment le plus délicat.

Si la petite vieille se remet en route avant que vous l'ayez rejointe, vous êtes obligé de la suivre, du pas tranquille du *flâneur**.

Une vitrine, ou le lacet mou d'une chaussure peuvent offrir une excuse valide pour une halte brève, cela va de soi, mais si ça n'était pas suffisant et si vous étiez contraint de la dépasser, une fois que la petite vieille se trouvera à votre hauteur, vous pourriez céder à la tentation d'accélérer à nouveau le pas, en l'ajustant à votre dîner et votre magasin.

Je peux vous assurer que le prix que vous paierez pour cet excès serait vraiment élevé.

Pendant un long moment, vous continuerez à *entendre* la petite vieille derrière vous, avec sa démarche claudicante et son cabas à moitié vide.

Et, quand vous croirez l'avoir enfin neutralisée, par

* Les mots et expressions en italiques suivis d'un astérisque sont en français dans le texte original. (*N.d.T.*)

exemple au beau milieu de la soirée, tandis que, seul dans la cuisine, vous serez en train de déboucher une dernière bouteille d'amarone, en riant encore à la dernière blague de votre ami, la petite vieille surgira, tout d'un coup, et elle gèlera votre sourire et suspendra votre geste.

Pas une vision en bonne et due forme, mais plutôt un vague malaise, une tremblante mise en garde, et puis une ombre qui descendra implacablement sur vous.

Quand vous rejoindrez votre famille et vos amis, dans la salle à manger illuminée, un inexplicable retard de vos réactions, même léger, sera cependant assez perceptible pour produire l'impression que le mécanisme s'est inexorablement enrayé.

C'est pourquoi vous devez poursuivre votre route à l'identique, sur le même rythme, en vous laissant dépasser par les passants et, si c'est possible, par la petite vieille elle-même.

Il ne se passera rien et rien, de fait, ne doit se passer.

Si vous avez été habile, la petite vieille n'aura rien remarqué d'anormal.

Mais vous, au contraire, vous percevrez, sans aucun doute, la différence.

Sous l'effet de votre comportement, derrière vous ou devant vous, la petite vieille aura un pas plus franc, et le cabas à moitié vide pendra moins tristement à son bras maigre.

Permettez-moi d'éluder le chapitre des explications, et laissez-moi me limiter en revanche à l'énumération finale des instructions, qui est ce à quoi peut prétendre, d'après moi, un bon manuel.

La phase qui vient d'être décrite peut avoir une durée variable, mais je vous invite à ne pas lui concéder un temps trop bref ; cinq minutes constituent, selon moi, le minimum.

Naturellement, il y a une ample marge d'indétermination, due à l'impossibilité de fixer les coordonnées du rythme, des durées et de la distance ; il est donc évident qu'avant la résolution, vous pourrez avoir dépassé le magasin, ou bien ce dernier pourrait avoir déjà fermé.

Dans les deux cas, rien d'irréparable ne se sera produit, et vous n'aurez aucun mal à trouver une solution.

Vous voilà donc devant la petite vieille, ou derrière elle, à pas plus de six ou sept mètres de distance depuis, disons, huit ou dix minutes.

Le moment est venu.

Soudain, sur le trottoir d'en face, vous apercevrez, parmi la foule des passants, un visage connu, supposons qu'il s'agisse d'un ancien camarade d'école, que vous n'avez pas vu depuis des années et auquel vous avez absolument envie de dire bonjour.

Donnez à votre exclamation de joie et d'étonnement solitaire toute l'emphase qu'il faut pour tirer la petite vieille de sa méditation sourde, criez fort un prénom, un prénom quelconque et, en tendant le bras pour réclamer l'attention de quelqu'un, traversez la rue en courant.

Il doit être parfaitement clair qu'il s'agit d'un événement

absolument exceptionnel, que seule une occasion d'une telle portée pourra avoir la faculté d'interrompre votre flegmatique promenade.

En outre, il est très important que vous couriez *de la manière juste.*

Pour la petite vieille, qui sera en train de vous observer, vous serez surtout un prétexte pour faire une petite halte reposante, mais malgré ça il est indispensable que votre sprint soit nettement en deçà de votre enthousiasme, que vos pieds expriment une réticence physique à obéir à votre impulsion.

Désormais le plus dur est fait.

La petite vieille vous suit du regard avec lassitude.

Utilisez le passage d'un bus, ou le croisement d'une rue transversale vers laquelle vous vous traînerez péniblement, pour disparaître définitivement de sa vue. Traversez la rue en sens inverse, quelques mètres plus loin, mêlez-vous à la foule, et précipitez-vous dans votre magasin, ou dans un autre que vous aurez repéré.

Il est par ailleurs possible, j'ai le devoir de vous en avertir, que la petite vieille passe devant la vitrine avant que vous ayez fini de faire vos courses, et qu'elle jette à l'intérieur du magasin un coup d'œil dépourvu de toute intention et de tout désir, mais empreint d'une inconsciente – et par là même insidieuse – nostalgie.

Et il suffit que ce regard, par hasard, vous intercepte, pour réduire à néant toutes les précautions précédentes.

Veillez donc à vous mettre à l'abri derrière un quelconque étalage de bouteilles ou de paquets de pâtes.

La petite vieille poursuivra son chemin, et vous, vous aurez conquis le droit sacro-saint à une soirée chaleureuse en famille.

…

Histoire du Hongrois

Préambule
Un mail du 18 mai 2017

Cher Leonardo,

tu seras peut-être un peu surpris de recevoir de mes nouvelles après un aussi long silence (trente-quatre ans ? trente-cinq ?), à supposer que ce mail te parvienne, c'est-à-dire que l'adresse à laquelle je t'écris soit encore valide.

Qui sait si nous aurons un jour l'occasion de parler tranquillement des circonstances qui nous ont éloignés – évidemment je ne fais pas allusion aux milliers de kilomètres qui nous séparent désormais (j'ai entendu dire qu'après le divorce tu t'es installé à Melbourne, c'est vrai ?), mais à autre chose.

Je ne connais pas ton point de vue actuel sur la question – que de toute façon je n'ai pas l'intention d'affronter – mais je peux te donner le mien : toi et moi, on s'est retrouvés mêlés à un désaccord (et même à un affrontement : je me rappelle avec horreur ce Noël chez les grands-parents, quand ton père et le mien en sont carrément venus aux mains), auquel on aurait dû rester totalement étrangers.

Si on avait eu ne serait-ce qu'un peu plus de maturité à l'époque des faits, on aurait sans aucun doute refusé de prendre parti, chacun de notre côté, comme on pouvait malheureusement s'y attendre, pour nos pères respectifs.

Il va de soi que ce n'est pas pour ressasser des choses douloureuses et désormais lointaines que je t'écris.

Tu trouveras ici en pièce jointe un manuscrit de ton père qui m'est tombé entre les mains alors que je rangeais des documents et des papiers en vue du déménagement – nous aussi on déménage, dans un quartier peu exotique construit très récemment.

Je ne suis plus capable de dire si j'en avais déjà pris connaissance il y a des années, en tout cas je n'avais aucun souvenir de son contenu.

Tu te souviendras que quand j'étais petit, avant les événements que j'ai mentionnés, j'ai eu une relation privilégiée avec ton père, je ne crois pas que tu ignores qu'il me préférait à ses autres neveux, pas seulement à mes frères, mais même aux enfants de notre tante, à laquelle pourtant il était très lié (la chose, d'ailleurs, produisit à l'époque, entre eux aussi, un petit désaccord).

Peut-être sa préférence marquée s'expliquait-elle par notre amitié, par le fait que toi et moi étions aussi inséparables, malgré nos grandes différences.

Je vais essayer d'être bref, d'autant que ma journée, entre rendez-vous professionnels et engagements familiaux, s'annonce comme un vrai enfer. Je ne sais pas si c'est pareil pour toi, mais en ce qui me concerne j'ai constamment l'impression qu'on me vole systématiquement au moins quatre ou cinq heures, sur les vingt-quatre que je devrais avoir quotidiennement à disposition.

Pour en revenir au manuscrit de ton père, j'avoue que sans la brève lettre que tu verras en tête de la pièce jointe, et qui y était incluse, je n'y aurais absolument rien compris.

Non que la lettre clarifie tout, mais au moins elle éclaire les intentions de ton père, à savoir le fait qu'il ne s'agit pas d'une œuvre de fiction, mais plutôt d'une chronique, d'un compte rendu ou, comme lui-même l'affirme, du résultat d'une enquête, aussi manifestement anormale soit-elle.

Le manuscrit lui-même, au-delà du style dans lequel il est rédigé, qui m'est apparu assez vieillot et redondant, rapporte un événement plutôt obscur et par moments, comme je le disais, totalement incompréhensible. Je dois néanmoins admettre aussi que, pour les raisons mentionnées ci-dessus, je l'ai parcouru distraitement et rapidement, si bien qu'il est possible que mon opinion soit un peu superficielle.

Mais voici le scrupule qui m'a poussé à te contacter et à te le transmettre.

Du bar auquel ton père se réfère je n'ai quasi aucun souvenir (depuis une dizaine d'années ce local abrite une petite supérette), du Hongrois, encore moins.

En ce qui concerne ma supposée curiosité, ou carrément la fascination qu'à l'époque l'événement sanglant et les mystères qui y sont liés auraient exercée sur moi, la chose me semble vraiment bizarre, donc je me suis demandé si ton père ne nous confondait pas dans sa mémoire.

Est-il possible que tu lui aies posé des questions insistantes sur cette histoire ? Tu en sais quelque chose ?

Je n'ai plus jamais eu, hélas, l'occasion d'en parler avec lui, mais, comme tu le constateras aussi, la date de la lettre nous indique que mon oncle m'a adressé ce pli il y a huit ans seulement, après la mort de mon père, et comme il était déjà très vieux, sa mémoire n'était plus aussi solide.

C'est pourquoi il me semble permis d'estimer que ce manuscrit t'était, en réalité, destiné, plutôt qu'à moi.

Quoi qu'il en soit, ton tempérament réfléchi, qui diffère du mien, est sans aucun doute mieux à même d'en saisir le sens.

Je t'embrasse affectueusement, si tu m'y autorises encore

Manuel

P.-S. : désolé, je me rends compte à l'instant même, en reparcourant rapidement la lettre de mon oncle, que le manuscrit ne serait pas de lui, mais d'une connaissance qui voulait rester anonyme.

La chose me paraît franchement peu crédible, mais je te laisse juge.

Pardonne l'étourderie, que je rectifie rapidement avec ce post-scriptum.

Malheureusement je n'ai pas le temps de tout relire depuis le début, et peut-être de récrire en corrigeant les erreurs ; je vais, comme toujours, très très vite.

Lettre de l'oncle Toni
29 avril 2009

Cher Manuel,
la brutale interruption que, malgré moi, notre relation a subie, quand tu étais encore un jeune homme, l'ostracisme auquel je me suis vu en conséquence injustement et douloureusement condamné, m'ont empêché de te révéler en personne, comme j'aurais tellement aimé le faire, les résultats auxquels avait abouti en son temps une petite enquête que j'avais cependant menée avec passion.
À peine t'aurai-je expliqué de quoi il s'agit qu'il te sera facile de deviner que mes recherches obstinées ne visaient pas seulement à satisfaire une curiosité ancienne, mais qu'elles avaient un deuxième objectif, plus secret et sentimental, qui naturellement t'incluait.
Puisque, malheureusement, je commence à croire que, dans cette vie, les conditions de nos retrouvailles ne seront plus réunies – du moins d'une vraie rencontre, c'est-à-dire proportionnée à mon affection pour toi –, voilà que je dois me décider à te le raconter par écrit.
En dépit des nombreuses années qui se sont écoulées, je suis sûr que tu n'as pas oublié nos longues conversations et spéculations au sujet des mobiles mystérieux du crime commis par le Hongrois, quelques mois avant ta naissance, et dont on parlait encore quand tu étais adolescent.

Tu te souviens sans doute qu'on passait souvent (et avec un frisson) près de son bar, que tout le monde appelait encore Le Bar du Hongrois, et que plus d'une fois on s'est arrêtés pour scruter, à travers le rideau de fer, à l'intérieur du local, et qu'alors on s'étonnait de le trouver parfaitement propre et en ordre, comme si, au lieu d'avoir été définitivement abandonné depuis le jour du crime, il avait été simplement fermé pour repos hebdomadaire, et qu'il était censé rouvrir très bientôt, pour accueillir la clientèle des jours ouvrables.

Il y a environ vingt ans (vingt ans !), alors qu'une nuit, juste avant l'aube, je passais devant, je m'aperçus avec étonnement que les lumières à l'intérieur étaient allumées. Le souvenir de nos hypothèses infinies et fantaisistes au sujet du mystère de ce lieu était encore très vif, et l'étrangeté de la situation réveilla aussitôt ma curiosité. Je me postai contre la vitrine et j'assistai à une scène qu'il m'est impossible d'oublier : les deux fils du Hongrois (que toi aussi tu dois avoir croisés plus d'une fois en ville), déjà assez âgés, étaient là-dedans, occupés à tout ranger et nettoyer, avec un zèle et une minutie qu'aucune nécessité concrète ne paraissait justifier.

Par la suite j'ai eu l'occasion de vérifier que cette opération se répétait chaque nuit, avec la même précision, depuis plus de vingt ans, à peu près à la même heure, comme si les deux hommes y voyaient une mission qu'ils ne pouvaient se dispenser d'accomplir.

Cette découverte me conduisit, en suivant des chemins assez complexes et tortueux, dont il serait désormais difficile de rendre compte, sinon à une révélation en

bonne et due forme, du moins à un dévoilement partiel de la nature de cet énigmatique personnage qu'avait été le Hongrois.
Il me semble qu'il serait inutile d'aller plus loin : le manuscrit qui se trouve dans cette enveloppe, dont l'auteur est quelqu'un que je connais et qui ne veut pas que je révèle son nom, éclaircira, je le crois, le mystère qui te fascinait tellement.
Avec ma tendresse de toujours, et l'espoir qu'un jour tu comprendras mes raisons,

Ton oncle Toni

Le manuscrit

Personne ne sait pourquoi on l'appelait le Hongrois. Peut-être une lointaine origine, peut-être la trace d'une blague que tout le monde avait oubliée.

Il était italien, même si personne n'a jamais su de quelle région précisément il venait, parce que sa parole maigre ne laissait pas le temps à ses interlocuteurs distraits et bruyants d'en saisir les inflexions.

Il parlait peu, il souriait sans montrer les dents quand un client lui adressait une plaisanterie, et il inclinait la tête avec courtoisie, mais sans déférence excessive, quand on lui passait une commande.

Il ne notait jamais rien, même aux heures de plus grande affluence – tôt le matin, juste avant l'ouverture des bureaux, et à l'heure du déjeuner, quand les employés sortaient pour une pause.

Mais il se souvenait de tout, et il faisait le service avec précision et ponctualité.

Il avait un regard profond et, simultanément, placide ; la rumeur disait qu'il y avait eu, dans son passé, une grande douleur – une perte, ou un abandon –, oubliée, mais encore présente en quelque lieu inaccessible, telle une pierre qu'on a lancée dans l'eau, qui en a fait onduler la surface, avant de plonger rapidement au fond.

D'ailleurs sa personne ne suscitait pas beaucoup de curiosité ; moins à cause du caractère inévitablement superficiel de ses relations sociales, dont le cercle ne dépassait pas, de fait, le cadre plutôt limité de la clientèle de son bar, que parce que lui-même semblait avoir élaboré une manière singulière d'être au monde.

Ses gestes et sa parole rare produisaient un effet suavement repoussant, tout son comportement semblait destiné à détourner l'attention de sa personne ou, pour le dire avec plus de précision, à offrir une berge susceptible de la faire rebondir dans une autre direction.

On ne s'interrogeait pas sur son existence, et ce qu'il en laissait entrevoir donnait assez matière à former un décor accueillant et chaleureux, dans lequel il était aisément permis de montrer le meilleur de soi-même.

Ce qu'il laissait entrevoir, c'était son bar et ses deux fils, tellement semblables qu'on aurait dit des jumeaux, plutôt robustes, et grands, quoique pas autant que lui, qui les dépassait nettement.

Les deux fils étaient aussi silencieux que le père et, comme le père, efficaces et tranquilles.

Mais dans les regards qu'ils lui adressaient, on sentait la soumission et un immense respect.

Il n'y avait pas de femmes dans la vie du Hongrois, ou s'il y en avait, personne ne l'a jamais su.

« Il est marié à son bar », affirma un jour Annibale Gagliardi, l'un de ses clients les plus fidèles, et le plus brillant et spirituel.

C'était une observation pertinente ; dans son local, chaque objet semblait avoir été choisi *pour lui-même*, avec un soin affectueux qui dépassait de loin le désir de créer une atmosphère confortable ou charmante.

Chaque lampe, chaque siège, chaque table, chaque plat recevaient de lui une attention particulière, qui semblait directement inspirée par l'objet en question.

C'était comme si, entre lui et les choses qui l'entouraient, il avait existé un dialogue constant, léger et profond, une réciprocité mystérieuse qui créait un espace qui n'occupait aucun espace, et un temps qui ne se déroulait pas dans le temps, mais existaient pourtant, et affirmaient leur existence avec une ténacité pénétrante, de même qu'un chuchotement imperceptible réussit parfois à se faire entendre au milieu du vacarme.

L'existence du Hongrois et de ses fils avait beau parcourir une trajectoire, pour ainsi dire parallèle à celle tracée par la vie bruyante et active des clients du bar, sans interférences ni collisions appréciables, le Hongrois semblait extraire de cette vie étrangère à lui une sève indispensable.

C'est probablement pour cette raison qu'il se montrait aussi attentif aux besoins de sa clientèle.

Il ne se limitait pas à en satisfaire promptement les demandes explicites, mais il parvenait, avec une intuition singulière, à en deviner aussi les désirs inexprimés, voire inconscients, et il ne lâchait rien tant qu'il ne les avait pas exaucés.

Cela, naturellement, exigeait un engagement considérable et une importante dépense d'énergie et, parfois, d'argent.

Et pourtant, le Hongrois ne semblait rechercher ni gratitude ni approbation.

Le client à qui on avait servi, sans aucun commentaire, la liqueur introuvable ou le mélange spécial de café qu'il avait rêvé de goûter, se contentait de les savourer, satisfait, comme si ce lieu avait naturellement le pouvoir de produire par lui-même ce qui pouvait le mieux contenter ceux qui le fréquentaient.

Puisque notre enquête n'est rien d'autre qu'un inventaire méticuleux d'éléments et de faits infimes qui, tous ensemble, et seulement si on les rapporte scrupuleusement, pourront peut-être fournir une explication à ce qui est le seul véritable événement – un tragique dénouement –, il me semble nécessaire de rendre compte d'une autre petite chose.

Il y avait un moment de la journée, entre quatorze et quinze heures, durant lequel le local était plongé dans une sorte de tranquillité animée.

Aux tables les employés étaient en train de consommer leur plat, deux ou trois personnes buvaient un café au comptoir en bavardant ou en jetant un coup d'œil au journal.

Tous avaient été servis, il n'y avait pas de commandes en attente, ni de plats à préparer.

Alors le Hongrois croisait les bras et contemplait son

œuvre, tandis que ses fils robustes, debout derrière le comptoir, demeuraient disciplinés dans l'attente, les mains dans le dos.

Ses yeux parcouraient lentement le local, puis s'arrêtaient sur un quelconque détail sans importance : un rayon de soleil oblique, par exemple, qui, en traversant les bocaux de verre remplis de cerises à l'eau-de-vie alignés en hauteur sur une étagère le long de la vitrine, teintait d'une belle couleur chaude la petite table posée dans l'angle, et enveloppait les convives comblés d'un halo dense de charme.

Il n'y avait ni orgueil ni fierté dans le regard du Hongrois, mais une expression concentrée, douce et passionnée, comme s'il était en train de formuler mentalement une prière.

La plupart du temps son attitude tellement recueillie passait totalement inaperçue ; plus rarement, elle suscitait un commentaire accompagné d'un clin d'œil, ou une allusion blagueuse, dont le Hongrois semblait ne pas avoir conscience.

Comme toujours, il revint à Gagliardi de prononcer la plaisanterie qui eut le plus de succès :

« Le Hongrois a coulé », déclara-t-il un jour.

Et les clients les plus assidus prirent l'habitude de répéter cette phrase chaque fois que, ayant épuisé les bavardages au sujet des événements du jour, et se trouvant momentanément à court d'arguments, ils promenaient les yeux autour d'eux et apercevaient le Hongrois plongé dans sa prière silencieuse.

Une nuit le Hongrois fit un rêve terrible, dont il se réveilla profondément perturbé.

Il rêva que, avec l'aide de ses fils, il soulevait comme d'habitude le rideau de fer du bar et, comme d'habitude, disposait chaque chose pour entamer sa journée de travail.

Mais les heures passaient et le bar demeurait désert.

Les verres à pied scintillaient derrière le comptoir, réfléchis et démultipliés par les miroirs carrés, le réfrigérateur ronflait, la machine à café, sur laquelle les caractères voltigeant sur fond amarante, qui composaient le nom de la marque, avaient été lustrés un par un, était chaude, mais rien ne se passait.

Le Hongrois et ses fils attendaient, immobiles, et le passage du temps érodait ce sentiment d'attente, comme la lecture d'une sentence qui expose peu à peu un verdict de condamnation sans appel et définitif.

À six heures du matin, le Hongrois sortit de chez lui, enveloppé dans un ciré jaune, suivi par ses fils.

Il y avait une pluie forte ce jour-là, et des rafales de vent impétueuses et soudaines interdisaient tout abri.

Les deux garçons savaient sans aucun doute que durant la nuit quelque chose d'énorme et de terrifiant était arrivé, sans qu'ils aient pu l'empêcher.

Un regard au visage du père avait suffi : un trouble profond en altérait la grâce, on aurait dit que ses traits avaient été bouleversés puis remis en place trop rapidement, si bien qu'ils faisaient l'effet d'une imitation forcée et inerte de ses traits habituels, privés de vie et d'expression.

Vers sept heures et demie le bar accueillit, comme

toujours, la bande bruyante des employés, mais on remarqua l'absence de Gagliardi, dont les blagues animaient généralement les conversations et provoquaient ponctuellement l'hilarité de ses collègues.

Cela n'empêcha pas la matinée de se dérouler, plus ou moins, selon son rythme habituel.

Entre neuf et onze heures, ce fut le tour des commerçants du quartier, qui arrivaient par petits groupes, trempés et transis, pestant contre le mauvais temps qui éloignait les gens des magasins.

Les deux garçons lançaient à leur père des regards n'osant exprimer leur curiosité, et le Hongrois les recevait sans réagir, mais sur son visage, avec une lente et inexorable progression, apparaissait une expression amère, aussi aride et désolée qu'un désert, et ses gestes acquéraient peu à peu une inhabituelle sécheresse, comme si la relation d'amour qui le liait aux choses qu'il maniait avait été brusquement interrompue par une ignoble trahison.

À une heure et quart l'averse s'était légèrement calmée, le vent avait cessé, et la pluie tombait verticalement en grosses gouttes lentes qui faisaient frémir l'eau boueuse des flaques dans la rue.

Dans le silence on entendit distinctement le brouhaha des employés à l'approche.

Quelque chose comme l'écho d'un sursaut traversa brièvement le regard du Hongrois, et s'éteignit.

Le bruit, et le bavardage animé qui l'accompagnait, se figèrent non loin ; on entendit clairement la voix de Gagliardi dominant celle des autres :

« Moi je vais au Lawrence Cafè, qui m'accompagne ? »

La proposition fut aussitôt suivie par un chœur discordant de protestations, opinions, objections, accords et désaccords.

Puis le remue-ménage reprit.

Devant le bar le groupe des employés se divisa, et le Hongrois et ses fils purent voir derrière la vitrine certains d'entre eux, parmi lesquels Gagliardi, traverser la rue en courant et disparaître quelques mètres après le carrefour.

Ce qu'il s'était passé, c'est qu'à cause de la pluie et du vent Gagliardi, ce matin-là, s'était vu contraint de se réfugier dans un café de la rue qui, d'habitude, le conduisait au bar du Hongrois puis au bureau.

Le Lawrence Cafè était un bar dans lequel il n'était jamais entré auparavant ; il avait ouvert depuis moins d'un an et n'avait rien de particulièrement remarquable, sinon la musique bruyante qui, émise par une radio allumée en permanence, se déversait dans la rue chaque fois que la porte vitrée était ouverte.

À l'intérieur le mobilier habituel, avec les tabourets hauts en similicuir noir et les néons qui diffusaient une lumière blanchâtre, créait une atmosphère anonyme, pour ne pas dire carrément sordide.

Mais la fille qui servait au bar avait le sens de la repartie, un visage plaisant, et une expression ouverte et agréablement audacieuse.

Entre elle et Gagliardi s'était aussitôt établie une joute verbale spirituelle ; lui était entré trempé par la pluie et engourdi par le froid, et elle lui avait lancé une plaisanterie impertinente, à laquelle il avait répliqué par une saillie humoristique, qui avait provoqué une sonore explosion de rires parmi les clients habituels du bar.

Cet épisode les avait immédiatement rapprochés, et Gagliardi, après avoir examiné avec une heureuse stupeur le visage gracieux de la jeune fille, s'était employé à conférer à leur entente une nuance de sous-entendu, que la fille avait tout de suite reconnue, sans baisser les yeux, avant de la légitimer d'un sourire encadré par deux minuscules fossettes.

Cela avait suffi à décider Gagliardi à retourner au Lawrence Cafè à l'heure du déjeuner, imité cette fois par trois ou quatre collègues, soit parce qu'il jouissait d'un certain ascendant sur eux, soit parce qu'ils avaient été poussés par une curiosité non dépourvue de malice.

Les semaines suivantes, le nombre des fidèles au Bar du Hongrois continua à diminuer.

Jour après jour, les heures qui passaient scandaient implacablement le rythme de nouvelles défections ; le temps ne s'écoulait plus avec fluidité entre les choses ; il défilait, aurait-on cru, telle l'armée d'un envahisseur, d'absence en absence.

Et pourtant, à l'intérieur du bar pimpant et bien rangé, aussi radieux qu'une jeune mariée, les trois hommes continuaient à accomplir leur travail quotidien avec précision et dévouement, en concentrant leur attention sur des détails d'autant plus minuscules que s'allongeaient les intervalles de temps durant lesquels la sonnette, qui signalait d'un bref trille l'arrivée d'un nouveau client, demeurait muette.

Puis, tout à coup, le Hongrois parut se rendre compte que l'époque heureuse ne reviendrait pas.

Cela se produisit un soir, à l'heure de la fermeture.

Depuis toujours, la fin de la journée de travail obéissait à une procédure aussi précise que celle précédant l'ouverture, mais elle s'en distinguait par le rythme et les règles, et l'état d'esprit qui l'accompagnait était plus mélancolique et plus recueilli.

La fermeture nocturne ressemblait à un adagio, lent et poignant.

Après avoir amoureusement replacé les objets dociles qui l'avaient servi durant la journée, le Hongrois s'arrêtait sur le seuil et assistait au rituel de l'extinction des lampes.

La cérémonie avait la solennité d'un rite liturgique, scrupuleusement officié par les deux garçons, à l'intention d'un unique dévot.

Les lumières s'éteignaient les unes après les autres, selon un déroulement précis qui semblait étudié de manière que chaque angle du bar, chaque objet jouissent de leur propre moment de gloire.

Jusqu'à ce que, dans la pénombre, avant de se transformer en silhouettes indistinctes d'un gris uniforme, l'acier, le zinc, la porcelaine, le laiton, le cristal jettent une dernière lueur amicale, à laquelle le Hongrois répondait comme à un signe de la tête, avec un sourire timide et reconnaissant.

Mais cette nuit-là, quand dans la rue les deux garçons se retournèrent pour regarder leur père sous le reflet des réverbères, sur son visage ils n'aperçurent ni douceur ni mélancolie.

La bouche serrée en un pli dur et les yeux brillant d'un éclat de feu révélaient plutôt un sentiment d'indignation, comme en présence d'une injustice intolérable, d'un tort exigeant réparation ou vengeance.

À partir de ce moment, tout changea.

Le Hongrois passait la majeure partie de son temps assis dans un coin derrière le comptoir, tête baissée, le regard fixe et vide, indifférent à l'activité obstinée de ses fils.

Parfois, comme en réponse à un soudain appel péremptoire, il se levait brusquement et, à longues enjambées résolues, se dirigeait vers la sortie du bar, ouvrait grand la porte d'un geste presque brutal, et s'arrêtait sur le seuil, bras croisés.

Les passants étaient bien obligés de remarquer sa silhouette imposante, debout devant l'entrée du bar désert, bras croisés sur la poitrine, dans une attitude de défi orgueilleux, tel un noble cavalier s'apprêtant à laver, dans un duel à mort contre un adversaire indigne, une injure inacceptable ; ou le gardien impavide d'un temple qui, immobile devant l'Autel Sacré, barre courageusement la route à une horde de profanateurs sacrilèges.

Le bar subit une triste métamorphose ; l'enchantement se rompit.

Une entité opaque rampa à l'intérieur de ce lieu, en corrompant pour toujours l'atmosphère vibrante et raréfiée.

Les objets qu'il abritait perdirent vie et charme ; ils semblaient même exhiber avec provocation, en un sursaut de fière revanche, leurs propres imperfections.

Les deux garçons fixaient, impuissants, le visage de leur père, rendu presque méconnaissable par ce massacre. Le feu d'une colère terrible et sauvage flambait désormais visiblement à l'intérieur de son corps, ses yeux se déplaçaient de manière saccadée en poursuivant, avec une rage fébrile, un mystérieux usurpateur.

Les rares clients avaient l'impression désagréable d'être traqués par ce regard autrefois caressant, et désormais devenu tranchant et tenace.

Aucun des rares clients fidèles n'osait plus murmurer de commentaires blagueurs lorsque, croisant les bras, le Hongrois regardait autour de lui, avant de fixer son attention sur un petit détail que personne d'autre n'était capable de saisir ; parce qu'alors son visage exprimait une douleur trop profonde pour autoriser l'ironie.

L'atmosphère de calme joyeux qui avait toujours régné en ce lieu avait entièrement disparu.

On baissait la voix comme à une veillée funèbre, on échangeait des regards inquiets, et sur les gestes de tous pesait un évident et inexplicable malaise.

Un après-midi, à l'heure magique entre quatorze et quinze heures, tandis qu'une fine poussière dansait dans les larges bandes de lumière que le soleil projetait à l'intérieur à travers les vitrines, l'un des employés les plus âgés, M. Verri, un homme timide et solitaire, se dirigea vers la caisse pour payer son repas.

Les jours d'avant, le Hongrois semblait avoir irrévocablement déposé son sceptre et, perdu dans son exil douloureux, il avait délégué à ses fils la quasi-totalité des tâches qu'autrefois il accomplissait avec un soin rempli de tendresse.

Il revint donc à l'un des deux garçons de s'approcher pour préparer l'addition.

L'employé, penché sur son portefeuille, était en train d'en extraire un billet quand, levant les yeux, il vit surgir derrière le jeune homme la haute silhouette du Hongrois.

Fixant Verri d'un air désespéré, implorant peut-être, où le timide employé crut entrevoir une atroce menace, l'homme chassa son fils d'un geste et il reprit sa place derrière la caisse.

Cela bouleversa tellement Verri qu'il fut incapable de rapporter aux collègues auxquels, encore tremblant, il raconta ce qui s'était passé, de quelle manière il avait pris congé avant de sortir du bar, se jurant de ne plus y remettre les pieds.

Livrée ainsi succinctement par le héros à son auditoire, l'histoire de Verri, anéanti par le regard terrible du Hongrois, s'enrichit peu à peu de détails et de circonstances nouvelles, en fonction de l'inspiration et de l'humeur de celui qui à son tour la racontait à d'autres, en changeant la forme et le sens.

Jusqu'à l'apparition, évidente et claire, triomphant sur toute autre tentative d'en déchiffrer la signification, telle une glose définitive, du mot *fou*.

Ce mot se diffusa rapidement comme une fièvre pernicieuse, et cela fut la marque funeste apposée sur la porte du pestiféré.

Les clients habituels qui fréquentaient encore le bar s'évanouirent en l'espace de quelques jours, détournés vers le Lawrence Cafè ou d'autres bars du quartier.

Le voyageur de passage ignorant, qui entrait dans le

bar du Hongrois pour un rapide casse-croûte, en percevait aussitôt avec un frisson la lugubre atmosphère.

Un maléfice hostile enveloppait toute chose.

Les trois hommes silencieux et sombres ressemblaient aux gardiens sinistres d'un sépulcre. Le voyageur engloutissait alors son repas à la hâte, et se précipitait dehors tête baissée.

Plusieurs semaines passèrent ainsi.

Un beau soleil régna pendant quelques jours, puis, un vendredi, le temps se gâta à nouveau.

Dans le ciel apparurent de gros nuages noirs et, vers l'heure du déjeuner, un orage s'annonça avec des éclairs silencieux qui perçaient l'obscurité au loin.

L'électricité dans l'air produisait un sentiment d'attente impatiente, comme si on se trouvait dans l'imminence d'un baptême universel, que suivrait une métamorphose extraordinaire, une manière nouvelle d'être au monde, plus intense et plus excitante.

À deux heures et quart, retardé par quelques tâches urgentes qu'il avait dû accomplir au bureau, Gagliardi se hâtait de rejoindre le Lawrence Cafè, où ses collègues l'avaient précédé.

Enveloppé dans son pardessus boutonné, dont il avait remonté le col, euphorique à l'idée de retrouver la tiédeur confortable du bar, il savourait déjà le moment où, selon la coutume désormais instituée, il entamerait son petit duel avec la gracieuse jeune fille, de part et d'autre du comptoir, dans une vive escarmouche verbale.

En peu de semaines, leur relation avait fait d'immenses

progrès et, à travers l'échange effervescent de blagues qui en constituait, pour ainsi dire, la structure, apparaissait désormais avec évidence la puissante attraction réciproque qui n'allait pas tarder à se manifester ouvertement.

Gagliardi marchait rapidement en ciselant justement dans sa tête la phrase qui lancerait l'escarmouche du jour, quand il eut soudain la désagréable impression que quelqu'un le tirait violemment en arrière, loin de la tiédeur, des rires, du jeu de séduction électrisant ; vers le froid, sous un ciel traversé d'éclairs sinistres, et la pluie qui commençait à tomber.

C'est seulement à cet instant qu'il se rendit compte qu'il se trouvait exactement devant le bar du Hongrois et que, debout sur le seuil, l'homme l'apostrophait sur un ton impérieux.

C'était peut-être la première fois que sa voix parvenait à son oreille avec un timbre aussi clair et sonore.

Gagliardi s'arrêta, surpris, et il regarda le Hongrois d'un air interrogateur.

La distance qui séparait le lieu agréable où il se trouvait mentalement du lieu réel et désolé où on l'obligeait à accoster était abyssale.

Tellement énorme qu'il mit du temps à la parcourir.

Et ce fut trop tard.

Les grandes mains extraordinairement puissantes du Hongrois l'avaient déjà attrapé et serraient son cou fermement, sans interruption, ni hésitation.

Et, aurait-on dit, sans violence.

À peine Gagliardi eut-il fait le geste de lever les bras qu'ils retombèrent aussitôt, inertes. Ses membres furent agités d'un ultime sursaut saccadé, puis l'homme s'écroula.

Le Hongrois lâcha lentement prise, et le corps de Gagliardi tomba, sans vie, sur le pavé que la pluie assaillait furieusement.

***

Le procès se déroula rapidement et sans surprise.

Après le meurtre, le Hongrois était resté debout près de la victime, sous la pluie, et il s'était laissé arrêter sans résister.

Appelés à témoigner, ses deux fils avaient prononcé quelques rares paroles, au sens plutôt hermétique, évoquant le sentiment d'amour qui liait leur père à son bar, et l'engagement qu'il avait déployé sans relâche dans l'exercice de son métier.

Quand le président les avait invités à s'en tenir aux faits, les deux garçons s'étaient enfermés dans le silence.

L'aveu de l'assassinat avait été encore plus concis. Talonné par les questions du ministère public, le Hongrois avait fourni uniquement les réponses les plus évidentes concernant l'heure et le déroulement du crime, opposant un silence obstiné à toute tentative d'élucider ses mobiles, et il avait écouté le verdict de condamnation sans aucune réaction apparente.

C'est seulement au moment de quitter le tribunal pour être conduit en prison qu'il hésita un instant, obligeant les deux carabiniers qui l'escortaient à s'arrêter.

Puis, se tournant vers ses fils qui le fixaient, les yeux brillants de larmes, il prononça une phrase que personne ne fut capable d'interpréter ; avec un accent d'une douceur triste qui rendit ses mots encore plus mystérieux, il se contenta de dire :

« Vous savez ce que vous avez à faire. »

Et il se laissa docilement emmener.

Bref interlude du dompteur

Interlude pour voix masculine

Voilà ce que nous sommes depuis des générations : des dompteurs.

Dompteurs de mots.

Imaginez-moi comme ça : en haut-de-forme noir, la veste de mon queue-de-pie d'un rouge flamboyant, le pantalon moulant sur des bottes étincelantes, le nœud papillon, saluant la foule d'une virile révérence, en ôtant élégamment mon chapeau.

Ma cravache souple harcèle les fauves furieux, qui caracolent l'un après l'autre, en file indienne, le long du court tunnel grillagé qui les conduit inexorablement dans la vaste et haute cage métallique, au centre de la piste.

Un claquement de cravache sur le sable, et voilà que

les bêtes fières sautent mollement sur les tréteaux, en ravalant leur fureur.

Elles viennent de loin, de visions rhapsodiques, longues marches, embuscades, défis, triomphes.

Elles pourraient facilement me dévorer dans leurs immenses gueules, et l'éclair incandescent de leurs yeux, que vous voyez depuis une certaine distance, révèle, à moi qui suis dangereusement proche, une faim non assouvie de vengeance et de sang.

Par quel miracle je réussis à les tenir en respect avec ma fluette cravache et la douteuse autorité de ma personne ?

Grand, très grand, et maigre, extraordinairement maigre, mon père se penche sur moi, enfant, et les désigne l'une après l'autre, en énumérant leurs exploits féroces, en magnifiant leur audace.

Moi je voudrais faire autre chose.

Dans la lumière poussiéreuse d'un midi estival, le chapiteau irisé a perdu, à bout de fatigue, l'emphase étincelante du spectacle du soir.

J'observe, avec mélancolie et une envie déjà défaite, les évolutions et arabesques des artistes du trapèze, le courage solitaire de l'équilibriste.

Mais voici ma tâche éternelle : dompter les mots, en feignant d'être intrépide.

Ce soir, sur la piste somptueusement éclairée, j'exhibe une fausse assurance pour cacher ma peur.

Je souris, j'ouvre les bras pour accueillir les applaudissements encourageants de mon public, qui aurait peut-être aimé, me dis-je, un épilogue sanglant.

Je pense : est-ce pour les tenir prisonnières dans une

cage trop exiguë que j'ai dérobé ces créatures aux libres espaces de la mémoire ?

« Pardonne-moi, je chuchote à l'une d'entre d'elles, en dissimulant ma prière dans un sourire prolongé, je te respecte et je te crains, mais je t'en supplie, jouons ! »

Le fauve me fixe, ses narines frémissent visiblement, il est clair qu'il connaît sa propre force, et qu'il renifle l'imminence de mon inéluctable renoncement.

Avec une lenteur renfrognée, il se lève sur ses pattes postérieures, en rugissant faiblement, comme l'écho d'une menace qui tient l'assistance en haleine : il m'obéit, parce qu'il a ma terreur en pitié.

Mais sa réticente soumission est seulement une trêve, dont le fauve lui-même fixera la durée.

Son regard orgueilleux domine, insouciant, la dignité offensée de son corps, et m'avertit :

« À bien d'autres exploits, à d'autres gloires, nous autres sommes destinés ! »

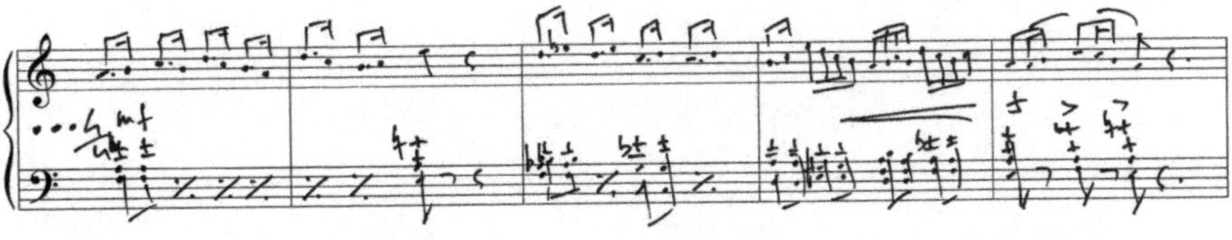

En famille

Là, dans la sphère dorée suspendue à la cime de l'arbre, tout est plus séduisant.

Peut-être les visages – surtout celui du père, au premier plan – y apparaissent-ils légèrement déformés. Mais en contrepartie, le petit salon n'est plus si petit, si banal.

La meilleure robe de maman, plutôt ordinaire, et sa mise en plis bien sage, ont une lueur glorieuse.

Et le père, homme un peu insignifiant, est immergé dans un halo chaleureux et paisible.

Mais surtout le silence, entrecoupé par le tintement des couverts, ne rumine pas de soucis.

La minuscule image convexe est le lieu d'une sérénité inexpugnable.

Ici-bas, hélas, c'est une autre histoire.

« Pourquoi tu n'en prends pas encore un peu ? Tu n'aimes pas ? » dit la mère.

Pourtant le médecin lui a expliqué en long et en large qu'il ne faut pas insister, mais elle en est totalement incapable.

Heureusement c'est l'hiver, et Susanna porte un gros pull en laine à col roulé, ce qui lui évite au moins le supplice de sentir, sur ses épaules et ses bras trop maigres, le regard inquiet de sa mère.

Mais maintenant, évidemment, il va falloir la rassurer.

Si elle lui répondait *je n'ai pas faim*, ce qui serait la pure vérité, l'angoisse de sa mère, elle le sait d'expérience, commencerait à monter sur un rythme exponentiel.

Plus ou moins comme si elle lui avait dit *je n'ai plus envie de vivre.*

Elle la regarderait avec des yeux terrorisés, presque au bord des larmes, et cela, Susanna ne pourrait pas le supporter, et alors elle deviendrait grossière, si bien que son père se sentirait obligé de la gronder, mais il le ferait à contrecœur, c'est-à-dire dans l'intention mal dissimulée de gronder en fait sa femme, qui s'en rendrait compte tout de suite, et du coup commencerait à argumenter, et Susanna irait s'enfermer dans sa chambre, et alors tous les deux cesseraient immédiatement de se disputer pour la suivre, et lui parler à travers la porte, etc., etc.

L'enfer, en somme.

Pour l'éviter il faut mentir, il n'y a pas d'autre solution.

Au début, chaque fois qu'elle mentait, elle devenait toute rouge et commençait à suer.

Mais, c'est bien connu, tout est question d'entraînement, et désormais elle ment avec désinvolture, elle a même appris à enrichir ses mensonges de détails fantaisistes, qui lui procurent une certaine cruelle satisfaction.

« Je me suis servie deux fois, maman. Tu m'as passé la soupière et tu as fait tomber la cuillère, tu as oublié ? »

Les yeux de sa mère explorent automatiquement la nappe blanche et propre, sans aucune trace de soupe.

Le père reste imperturbable, il est probable qu'il n'écoute pas, à moins qu'il ne s'ennuie.

On peut le comprendre, d'ailleurs.

Est-ce que Susanna ne s'ennuie pas, peut-être ?

Et c'est sûr que la mère aussi s'ennuie, sauf qu'elle ne veut pas l'admettre.

Elle résiste, à sa manière. Pathétique.

Elle s'est mise sur son trente et un, elle est allée chez le coiffeur, elle s'est même maquillée, un fard translucide remplit de bleu les sillons de ses paupières – et la contribution esthétique décisive qu'on devait en attendre n'est pas claire.

Pour se retrouver ensuite à dîner juste tous les trois, aux mêmes places qu'hier, autour de la même table, avec un quelconque plat supplémentaire, les verres à pied et le plus beau service.

Heureusement, tout est beaucoup plus supportable, métamorphosé en apparition sur la surface courbe de la sphère dorée, qui reflète le miroir au-dessus de la commode, qui reflète la sphère, qui reflète le miroir, qui reflète…

Maintenant c'est à nouveau un homme.

Le premier aussi était un homme, vieux, taciturne et somnolent.

Les rares fois où il parlait, il mâchonnait les mots, et Susanna était obligée de lui demander continuellement de répéter, jusqu'au moment où elle s'était lassée, d'autant plus qu'il ne disait jamais rien d'intéressant, juste une éternelle invitation à se morfondre, en substance.

Ensuite une dame, plutôt stupide.

Encore aujourd'hui elle regrette de s'être laissée aller à lui raconter l'histoire des contes.

Septembre, il y a deux ans.

« Pourquoi éprouvais-tu de la colère ? »

Silence.

« Contre qui ? »

Nouveau silence.

« Tu te sentais inadéquate ? »

Ça ne se suggère pas, les réponses. Ça ne vaut rien. Elles te harcèlent, elles te harcèlent, et toi tu finis par céder.

« Ça ne pouvait pas être moi », se résigne-t-elle à admettre.

« Pourquoi ? »

La question est tellement idiote, cela devrait l'alerter.

Au lieu de quoi, elle tombe dedans tête la première. « Elles étaient toujours blondes, toujours belles... et toujours gentilles », dit-elle, d'une voix tremblante.

Et là, elle avait fondu en larmes, aujourd'hui encore elle serait incapable d'expliquer pourquoi.

Ensuite elle avait éprouvé un sentiment de honte tellement insupportable qu'il s'était aussitôt changé en haine féroce contre cette dame qui la fixait de son regard pénétrant, avec un sourire sentimental, en lui tendant un mouchoir.

Le fait est qu'elle avait refusé d'y retourner.

Sa mère et son père avaient tenté d'insister, d'obtenir des explications, mais il n'y avait rien eu à faire.

Pendant un moment ils l'avaient laissée tranquille.

Enfin, si l'on peut dire.

Un après-midi finissait toujours par arriver où la mère, probablement quand elle mourait d'ennui, entrait dans sa chambre, les traits tirés, avec une expression circonspecte.

« Tu fais quoi, mon trésor ? Tu ne fais pas tes devoirs ? Je te dérange ? »

Bien sûr qu'elle la dérangeait, quelle question.

Au moins maintenant elle avait appris à frapper avant d'entrer.

Tout doucement, de manière presque inaudible.

Il était impossible d'obtenir de sa part un comportement normal.

Soit elle faisait irruption comme si elle voulait lui annoncer qu'un incendie s'était déclenché dans les caves de l'immeuble, soit elle frappait tout doucement, comme une écolière craintive, et alors, juste après, il fallait qu'elle en rajoute avec un appel tout timide :

« Susanna... je peux ? »

Après quoi il était clair qu'elle n'avait absolument rien à lui dire, qu'elle était là pour chercher des indices, et de fait ses yeux vagabondaient de-ci de-là, sur le sol, sur la table de nuit, sur ses vêtements.

Jusqu'à ce que Susanna demande sur un ton exaspéré :

« Qu'est-ce qu'il y a, maman ? »

Et alors, se sentant découverte, elle s'empressait de dire :

« Non, juste... J'avais envie de passer un peu de temps avec toi. On ne parle jamais. »

Cette histoire de se parler, c'était une vraie fixation.

Parfois Susanna faisait un effort.

Mais c'était un exercice exténuant et inutile, parce que sa mère était totalement incapable d'écouter.

Quand Susanna le lui disait, elle se vexait, et elle prétendait lui prouver que c'était faux, en répétant par cœur, de manière puérile, les phrases que Susanna venait de prononcer.

« Ça n'est pas ça, écouter, maman ! Écouter, ça veut dire être CURIEUX, et toi tu n'as pas de curiosité ! MOI JE NE T'IN-TÉ-RESSE PAS », scandait-elle sans pitié.

« Comment est-ce que tu peux dire une absurdité pareille ! » protestait la mère, la voix pleine de larmes.

Et alors elle s'acharnait :

« La seule chose qui t'intéresse, c'est que je sois en bonne santé, et éventuellement heureuse. Que je ne me drogue pas, que je ne me tue pas, que je ne souffre pas. Mais MOI je ne t'intéresse pas. »

Durant quelques jours, la mère ne venait plus frapper à sa porte. Mais il arrivait qu'elle envoie le père en éclaireur.

Elle s'imaginait très bien ces dialogues excités prononcés à voix basse :

Va voir comment elle va, elle a passé toute la journée enfermée dans sa chambre.

Et alors ? Laisse-la tranquille, non ? Elle doit être en train de travailler, ou de rêvasser. Elle a besoin d'avoir son espace.

C'est ce qu'il disait.

Par sagesse, ou par paresse.

Mais il finissait quand même par y aller.

Au moins lui frappait bruyamment, avec une certaine détermination réconfortante, dont Susanna, sur le moment, lui était reconnaissante.

Sauf qu'à peine ouvrait-elle la porte qu'une autre représentation théâtrale déprimante commençait.

Son père se montrait souriant, il parlait d'une voix forte, peut-être pour se montrer rassurant, mais le jeu était trop évident, et assez exaspérant, tout compte fait.

Il posait des questions, et puis étalait des conseils, citait des exemples, le plus souvent tirés de son expérience personnelle.

Sans jamais laisser aux réponses de Susanna (toujours plus brèves, toujours plus distantes) le temps de se déployer d'elles-mêmes, en ayant pour ainsi dire recours à leurs propres forces.

Il était tellement impatient de la conduire sur l'autre rive qu'il finissait par faire la traversée tout seul, sans même se rendre compte qu'elle était demeurée sur la rive d'en face, qu'elle avait depuis un moment déjà renoncé à le suivre.

Un quart d'heure plus tard il partait, plutôt satisfait de lui-même, et il pouvait assurer à la mère qu'il n'y avait aucun souci à se faire, tout allait bien.

En résumé, après cette dame et la période de calme relatif qui avait suivi, ils avaient trouvé une autre dame.

Une figure moins maternelle, ainsi l'avaient-ils décrite durant l'un de leurs conciliabules du soir, avec la radio allumée à fond, certains qu'elle couvrait leurs voix.

Alors qu'en fait depuis sa chambre on entendait tout parfaitement, la radio qui braillait des chansonnettes d'un côté, et eux deux qui chuchotaient de l'autre.

Moins maternelle était une définition tellement euphémistique qu'elle en devenait ironique.

Aussi rigide qu'un garde suisse, l'air rébarbatif, totalement antipathique.

Pour se venger, durant les entretiens préliminaires, Susanna la regarda de la tête aux pieds, en se concentrant de préférence sur certains défauts physiques dont la dame ne pouvait pas ne pas être consciente.

Elle fixait son nez avec insistance, par exemple. Ou un énorme grain de beauté sur le menton.

De la tête aux pieds, littéralement.

Au sens qu'une fois elle s'était même mise à observer ses pieds, avec attention, comme un entomologiste observerait un insecte.

C'étaient des pieds interminables et extrêmement disgracieux.

Et quand la dame avait fini par les cacher sous son siège, Susanna avait su qu'elle avait gagné.

Après quoi, elle avait quand même dû s'allonger sur le divan, et alors elle avait eu une autre idée : elle faisait semblant de s'endormir.

Au bout de deux phrases, elle avait déjà la bouche pâteuse, impossible d'articuler, puis elle restait silencieuse, sa respiration devenait plus lourde, et elle commençait à ronfler.

Pendant deux ou trois séances, elle s'en était tirée comme ça.

Ensuite, vraisemblablement, ses parents avaient été convoqués au rapport, ce qui avait sonné la fin de la partie.

Là, elle y était allée un peu fort.

Sans doute au moment même où ils étaient en train de discuter avec la dame.

Une bouteille entière, elle avait sifflé. Un whisky vieilli… dans la vitrine du salon.

De très mauvaise qualité.

La vitrine était fermée à clé, naturellement, mais Susanna, pour trouver des placards secrets, des doubles fonds, des compartiments cachés, avait toujours eu un talent spécial, depuis toute petite.

Quand elle avait six ou sept ans, sa mère organisait de vrais spectacles pour ses amies, ou pour les parents de ses compagnes de classe.

À cette époque son enthousiasme commençait tout juste à embarrasser Susanna.

« C'est un phénomène, vous verrez… Je ne sais pas comment elle fait, c'est un vrai don… Donnez-moi un objet, n'importe lequel, de préférence un peu rare, un peu précieux… Voilà, trésor, regarde-le bien… allez, touche-le… vous voyez comme elle ferme les yeux ? Parce que ça lui permet de se concentrer et de le *sentir*… Il faut qu'elle le *sente* pour réussir à le trouver… »

Alors elle lui bandait les yeux avec un foulard foncé, qu'au dernier moment elle avait toujours du mal à retrouver, allez savoir pourquoi, et ses mains tremblaient d'excitation.

Régulièrement, à ce stade, la mère était submergée par la crainte que l'expérience puisse rater.

Elle était encore en train de lui bander les yeux qu'elle commençait déjà à s'agiter, et à justifier d'avance son échec :

« C'est peut-être trop d'émotion pour elle, avec tout ce public… quand elle le fait devant nous ça marche toujours, mais en public, c'est moins sûr… elle est un peu émotive. »

Ce qui n'était même pas vrai.

Parfois l'angoisse de sa mère finissait par être contagieuse, mais dans la majorité des cas, Susanna conservait un extraordinaire sang-froid.

Peut-être entrait-elle même carrément en état de *transe.*

Elle avait l'impression d'être un sourcier, l'objet qu'elle avait eu entre les mains juste avant lui envoyait en quelque sorte des messages, à travers des canaux mystérieux, il lui parlait. Rien d'autre ne comptait que ce dialogue ésotérique, tout le reste disparaissait, les commentaires, les attentes, l'émotion. Elle se sentait en paix.

Et lorsque, du geste assuré du prestidigitateur, elle sortait l'objet de sa cachette, et que sa mère se précipitait pour lui ôter le bandeau et jouir de son triomphe, elle était déjà ailleurs, elle se fichait du succès, elle se sentait soudain vidée et déprimée.

De toute façon, autour de ses dix ans toute cette comédie avait fini par l'ennuyer.

Elle avait échoué à dessein deux ou trois fois de suite, jouissant d'observer sur le visage de sa mère les effets de la déception qu'elle lui infligeait.

C'est peut-être à ce moment-là que ses sentiments avaient commencé à changer.

Comme une mutation : la version maligne de ses sentiments passés.

À la fin de l'automne, le whisky.

Au premier abord, ce n'est pas désagréable.

Une fois qu'on a réussi à supporter cette brûlure dans la gorge, on apprécie la chaleur qui envahit l'estomac, puis la tête.

On devient triste triste triste, et gentille gentille gentille.

Puis on commence à tanguer, à suer, à avoir peur, à vomir.

Le téléphone sonne… *où est-il ? Mon Dieu, où ? Maman, je tombe, je meurs… au secours, maman, pardonne-moi… maman.*

Ce genre de choses.

Deux jours d'hôpital. Lavage d'estomac, de crainte qu'elle n'ait avalé autre chose.

Et alors, il se produit un phénomène étrange.

Un matin, elle se sent heureuse d'être en vie.

Probablement pour la première fois.

Pourtant, l'endroit n'est vraiment pas beau. Comme ça, sans raison précise. La fenêtre ouverte, l'infirmière, un rayon de soleil, les bruits du couloir, des voix.

La forme bénigne refait surface. Un mélange de joie nostalgique et de tendresse déchirante.

Mais ça dure peu.

Avant tout, la mère pleure ; et quand quelqu'un est en train de pleurer, il est impossible de s'y mettre aussi, ça deviendrait ridicule.

Le père reste à la porte, il boude. Quelqu'un a dû lui ordonner d'éviter les reproches, et par conséquent il ne sait pas quoi faire. Il se donne une contenance en regardant autour de lui, et puis il commence à ranger les objets sur la table de nuit.

Ses parents…

Ils vivent traqués. Obsédés par des catégories.

Gentil, méchant. Vrai, faux. Beau, laid.

Le soir, au lit, ils passent probablement en revue tout ce qu'ils ont fait dans la journée, toutes les choses qu'ils ont rencontrées. Gentil, faux, méchant, laid, vrai, beau.

Ils font des calculs fébriles et, si le compte n'est pas bon, ils trichent.

C'est comme ça qu'ils l'ont trompée. Mais ça ne l'a pas empêchée de le découvrir.

Elle devait avoir onze ans, elle s'est regardée dans le miroir et elle a su qu'elle n'avait absolument rien de spécial. Une petite fille quelconque, aucun prince charmant n'allait l'emmener sur son cheval.

Les faits, par la suite, lui ont donné raison.

À treize ans, elle est tombée amoureuse d'un garçon de l'école. Elle l'avait choisi exprès comme ça. Ni trop beau ni trop brillant.

À cette époque elle savait déjà qu'elle ne pouvait pas viser trop haut.

Elle s'était laissé séduire par une certaine douceur, un comportement toujours très affectueux à son égard, compréhensif.

Il ne lui était pas venu à l'esprit que c'était peut-être simplement la traduction en actes d'un sentiment de compassion. Elle s'était laissée aller.

Jusqu'au jour où il lui avait avoué qu'il était fou d'amour pour une fille de sa classe.

Belle, évidemment. Et blonde, ou pas loin.

Il l'aimait sans espoir.

Susanna aurait pu s'obstiner, rester auprès de lui. Peut-être qu'à la fin elle aurait gagné la partie. Il lui aurait rendu la politesse par gratitude, il aurait récompensé sa constance.

Certaines histoires finissaient comme ça. Mais c'étaient des histoires pour adultes, qui y cherchaient une consolation, des antidotes à leurs propres frustrations.

Au fond toutes ces histoires-là étaient tristes, même quand elles finissaient bien.

Les contes racontaient un monde plus impitoyable et plus lumineux.

Il y avait les glorieux et les infâmes. La gloire pouvait être momentanément ternie, les flammes féroces de l'envie la léchaient : les infâmes, les laids, les méchants ourdissaient des intrigues, imaginaient des machinations, diffamaient, luttaient, mais à la fin les glorieux triomphaient.

L'ordre naturel ne pouvait pas être subverti : les gentils beaux battaient les méchants laids, souvent sans même s'accorder le plaisir de les punir ; le plus souvent, c'était le destin en personne qui en châtiait l'audace perverse.

Ici s'ouvre un nouveau chapitre.

Manger manger manger. Vomir vomir vomir.

À un certain stade, la nourriture devient l'ennemi.

Elle te défie, te provoque. Tu la dévores par haine, tu l'humilies en la vomissant.

Tu marches tu marches tu marches, jusqu'à te sentir totalement épuisée.

Naturellement, tu deviens très maigre. En général, tu dissimules tes os trop saillants sous tes vêtements.

Mais ensuite c'est l'été, et voilà qu'un après-midi très chaud, tu tournes le dos à ta mère, et tu sens avec certitude qu'elle est en train de t'observer, qu'elle ne te lâche pas des yeux.

Tu ressens avec une assurance absolue sa frayeur et… oui, ça te fait plaisir.

Ça, un jour, tu le lui dis.

Pas à ta mère, à lui. À celui du moment, le dernier, après la dame stupide et la dame antipathique.

En fait, pour changer, c'est lui qui t'arrache les mots de la bouche.

Il faut dire que dans ce domaine ils sont habiles, ils savent y faire.

26 novembre.

Non que la date ait la moindre importance.

C'est juste pour situer les choses.

On pourrait aussi préciser : immeuble chic, troisième étage, chauffage excessif, une plante verte dans l'angle, sol bicolore à losanges, rideaux beiges aux fenêtres. Homme entre deux âges, vêtu avec élégance.

Il la regarde. Il attend.

Tralala-lala-lala. Tralalalalalala.

Susanna se met à chantonner. Celle-là, elle ne l'avait encore jamais faite.

C'est plutôt amusant.

L'homme est juste légèrement surpris.

Bien sûr, ne jamais donner satisfaction au patient, ça ne serait pas professionnel.

Pour le moment, rien d'autre. Cinq minutes de gagnées.

Attendons de voir qui va lâcher le premier. Attendons de voir qui va gagner.

Maintenant le menton de l'homme s'est mis imperceptiblement à trembler, les lèvres luttent, résistent.

Elle a l'impression d'entendre le bruit des digues qui vibrent vibrent vibrent, et… cèdent, sous la poussée d'une explosion de rire, qui se déverse dans la pièce en l'inondant, en submergeant tout ce qui s'est dit auparavant : immeuble chic, troisième étage, chauffage excessif, une plante verte dans l'angle, sol bicolore à losanges, rideaux beiges aux fenêtres…

« Maman, papa ! » hurle Susanna à la porte, les clés encore en main (et les murs renvoient solennellement le timbre inhabituel de sa voix). « Je suis rentrée ! »

Les voilà qui surgissent du bout du couloir, l'un derrière l'autre.

Ils ont une expression… que je préférerais ne pas décrire.

Sinon en disant que c'est exactement celle que Susanna s'attendait à voir.

Rideau.

Tristesse pour une courgette

Interlude pour voix masculine

C'est vrai qu'aujourd'hui le ciel est bas et sombre et le brouillard masque la ligne de l'horizon, et que tout ça me prédispose à la mélancolie.

Mais il va de soi que je ne m'attends pas à ce qui va suivre.

Écoutez bien.

Je sors de mon bureau en fin de matinée (mais la lumière est plutôt celle d'une fin d'après-midi), avec un sac en plastique dans lequel je transporte un pot de yaourt et quelques fruits et légumes.

Je marche vite, parce que la deuxième partie de ma journée sera très chargée.

Mes bras se balancent au rythme soutenu de mon allure, et le passage d'une moto avec son vacarme de pot d'échappement couvre seulement en partie le bruit de verre et de métal qui accompagne mes pas.

J'agite le sac pour une vérification : oui, le verre (pot) et le métal (couvercle) se cognent.

À ce stade, je m'arrête pour regarder : le pot s'est ouvert, et le yaourt a inondé le contenu du sac.

J'évalue rapidement l'importance des dégâts : deux pommes, une grappe de raisin et une poire pas encore mûre m'ont l'air récupérables. Leur peau saine et ferme les a protégés efficacement, et il suffira donc de les rincer.

Je pense pouvoir sauver aussi le yaourt qui n'a pas coulé du pot, un chou pommé et une aubergine ronde violette.

Mais je décide de jeter une courgette, qu'il ne sera pas inutile de décrire.

C'est une courgette de taille moyenne, de forme plutôt régulière et d'une couleur vert foncé, légèrement mouchetée de vert plus clair.

Au toucher, plus qu'au regard, sa superficie est traversée de reliefs longitudinaux, comme des armatures, qui se rejoignent à une extrémité, qui se plissent autour d'un disque jaune de la taille d'une pièce de deux centimes.

À l'autre extrémité se trouve, naturellement, le moignon dont on a amputé la fleur.

La pulpe est, vraisemblablement, encore jeune et ferme, mais la peau présente quelques taches d'oxydation, et de nombreuses bosses qui la rendent probablement perméable et qui, par conséquent, la condamnent.

J'ouvre donc le couvercle de la poubelle devant moi, et j'y jette la courgette.

Tout cela s'accomplit assez vite.

Néanmoins, j'ai le temps de remarquer que la poubelle est étonnamment vide.

Il est évident que personne, durant la matinée, ne s'en est servi pour jeter des déchets.

Cela n'empêche pas que, comme c'est toujours le cas pendant ce genre d'opérations, quand la poubelle déborde d'ordures, je suis assailli par une odeur douceâtre et pénétrante, que généralement je fuis avec un sentiment inexplicable de honte.

Mais aujourd'hui, je reste un moment de trop pour observer la courgette qui tombe, en fendant cette puanteur nauséabonde, et va s'abattre sur le fond sordide avec un bruit sourd, dont l'écho résonne lugubrement sur les parois sombres de la poubelle vide.

Et ensuite elle gît là, seule, encerclée par le vide.

Du couvercle à demi ouvert au-dessus duquel je me penche, tombe sur elle la lumière grise du jour, qui éclaire bien les multiples cicatrices foncées maculant sa peau brillante.

Je laisse retomber le couvercle : l'image d'une guillotine me traverse un instant l'esprit, et disparaît aussitôt.

Quelques heures plus tard.

Peu importe que les conditions météorologiques ne s'améliorent pas, je ne peux consacrer au ciel plombé qu'une attention pragmatique, visant à calculer la probabilité d'une averse, et à en estimer les éventuelles conséquences sur le déroulement de mon programme de la journée.

J'ai à peine vingt-cinq minutes avant mon prochain rendez-vous, pas assez pour un vrai déjeuner.

Je choisis donc de déjeuner rapidement au bar-cafétéria du coin, où je remporte le dernier tabouret après avoir vaincu, à l'issue d'une bagarre mentale qui absorbe une grande partie de mes énergies, un jeune homme sournoisement arrogant.

Je suis en train de mâcher un légume fibreux quand soudain je revois la courgette plonger dans la poubelle vide, en traverser les miasmes, puis atterrir sur le fond crasseux, rebondir mollement, et retomber, inerte.

J'éprouve immédiatement un vif malaise, à mi-chemin entre une sensation de vertige et un sentiment aigu de nostalgie.

La pensée des éraflures foncées sur la peau verte et brillante de la courgette, dans l'obscurité glauque et fétide de la poubelle, est tellement insupportable que je laisse tomber mes couverts sur mon assiette, et je me précipite pour payer le repas que je n'ai pas réussi à avaler.

Au cours des deux heures suivantes, j'ai l'impression d'être guéri, et je parviens à attribuer distraitement mon extravagant malaise passager aux causes les plus banales : fatigue, soucis, une grippe rampante.

Mais voici ce qui se produit.

À quatre heures de l'après-midi je suis en plein milieu d'une houleuse réunion de travail.

La personne en face de moi soutient des opinions auxquelles je suis férocement opposé, je réplique donc avec force et même une certaine dureté, et pour renforcer mes affirmations véhémentes, je frappe de la paume de la main le plateau de la table en métal autour de laquelle nous sommes assis.

Aussitôt s'élève un bourdonnement de protestations tintantes : bouteilles d'eau minérale et verres en verre vibrent tous ensemble, avec une orgueilleuse indignation.

Devant moi, mon pâle verre bleu ciel a vomi de l'eau, et il est agité d'un tremblement de peur, ou peut-être d'humiliation et de honte.

Je sue, je me lève, je me rassois.

Je demande la permission de sortir, que l'on m'accorde.

La sollicitude solidaire de mes collègues qui, un peu plus tard, me rejoignent dans le couloir, me prouve, heureusement, qu'ils attribuent l'incident qui vient de se produire à mon tempérament excessivement passionnel.

Dix-huit heures trente.

Il commence à pleuvoir, mais je m'en fiche, parce qu'après une brève promenade revigorante je me trouve en ce moment même à l'intérieur d'une galerie d'art, où se tient le vernissage d'une exposition.

Autour du buffet, installé dans un angle de la petite salle où sont exposées les œuvres d'un peintre encore largement inconnu, une petite foule s'est rassemblée.

Je ne compte pas d'amis à proprement parler parmi les présents, mais l'atmosphère cultivée et raffinée me plaît, et je me sens parfaitement à l'aise.

Je suis en plein milieu d'une discussion avec une dame sophistiquée qui a beaucoup d'éclat et, si l'on exclut l'instant très fugace durant lequel un fantasme pervers me la montre, morte, sur le marbre d'une morgue, je retire indéniablement du plaisir à notre conversation.

Les paroles que nous échangeons sont plutôt banales, mais elles sont largement mises en valeur par les regards évocateurs que la dame me lance et qui me conduisent à ingérer des quantités exagérées d'un mauvais prosecco.

Ça commence par un bourdonnement.

Du bourdonnement jaillit, fulminante, l'apparition lancinante de la courgette, immergée, désormais, sous une avalanche de déchets en putréfaction.

Je la repousse en m'accrochant au sourire caressant de mon interlocutrice.

Mais je suis obligé de constater avec effarement que je ne parviens plus à écouter le moindre mot qu'elle m'adresse, parce que je suis en train d'écouter péniblement, bien malgré moi, les plaintes déchirantes du parquet, piétiné avec une cruauté inhumaine par des bottes et des bottines, et carrément transpercé par d'atroces talons aiguilles.

Inutile de raconter en détail la suite de ma journée, semée d'épisodes analogues.

Au dîner, j'implore pitié pour le *fusillo* ruisselant de sauce rouge sang, que la fourchette a brutalement transpercé.

À plusieurs reprises, je demande pardon au fauteuil, qui pousse des soupirs de lasse résignation.

La nuit, je surveille avec une gratitude émue l'humble zèle de la machine à laver.

Un sommeil lourd et vide me projette finalement à l'orée d'un jour nouveau, dont, sans ouvrir encore les yeux, j'entreprends de savourer avec soulagement la rassurante opacité.

1966

« Je veux bien que ta famille ne soit pas riche, mais ce n'est pas une raison pour te laisser sortir comme ça. »

Sûr que c'est un piège, Rosanna est maligne.

Carrément méchante parfois.

Le fait est que la famille de Milena *est* riche.

Pas vraiment riche, mais aisée, et assurément beaucoup plus riche que la famille de Rosanna, dont le père est berger – chez eux, en guise de descentes de lit, ils étalent des peaux de moutons, avec toutes les pattes.

À l'arrière-plan, en plein hiver – froid rampant mais, comme toujours dans cette région, pas du tout mordant – les petits immeubles de trois ou quatre étages, plus terrasse commune, récemment construits, mais le plâtre commence déjà à se fissurer.

On est dans une ville de province, au milieu de la campagne, en 1966.

Autant dire, donc, un terrain miné, semé d'engins explosifs, potentiellement mortels, qu'il faut chercher à repérer et neutraliser avec une extrême prudence. Des engins de ce type peuvent se cacher partout.

Par exemple, dans le blafard éclair venimeux qui traverse

le regard fuyant du commerçant en denrées alimentaires, immobile à sept heures trente du matin sur le seuil de son magasin encore désert.

Ou bien à l'intérieur des salles de classe du collège.

Ou dans les cours de danse classique, parmi les élèves en justaucorps et collant.

Sans même parler de Rosanna, justement.

« C'est le manteau de ma sœur, répond Milena sans lever les yeux. Maman dit que comme je grandis vite, ça ne sert à rien de dépenser de l'argent chez la couturière. Et puis, ajoute-t-elle lâchement, en improvisant, les manches trop longues, ça se roule quand il fait très froid, comme ça pas la peine d'acheter des gants. »

Rosanna scrute Milena, le regard méchant, elle a un demi-sourire de menace, elle semble prête à la frapper au cas où elle trahisse leur accord tacite, par une phrase laissant deviner ses privilèges.

Ce n'est pas juste une question d'argent. La famille de Milena exerce sur les habitants de la ville une séduction mystérieuse et tenace.

Ce n'est pas une famille comme les autres.

Tout d'abord, elle est exceptionnellement nombreuse, frères et sœurs forment une société autonome et très variée, même si certains traits physiques, de caractère et culturels, les caractérisent sans équivoque et les rendent semblables entre eux, et indubitablement différents de tous les autres.

Leur présence dans cette zone en périphérie de la ville est d'ailleurs en soi une exaspérante anomalie, pour ne pas dire une provocation évidente.

Ils vivent dans une grande maison qu'il a fallu récemment agrandir, en lui ajoutant un étage.

La maison est pleine de livres éparpillés un peu partout avec une tranquille négligence, alors que dans toutes les autres habitations du quartier, et dans presque toutes les habitations de la ville, les livres sont des objets rares, que l'on manie avec défiance ou appréhension, ou alors on exhibe avec déférence leurs reliures en similicuir frappées de lettres dorées.

La grande famille se déplace librement à travers de nombreuses petites pièces en désordre, dont l'attribution ne cesse d'être redéfinie.

Dans aucune maison de cette ville, les pièces ne sont définies, comme dans celle-ci, par leur couleur dominante ou une de leurs fonctions inessentielles.

Ici il y a une *pièce du téléphone* et un *petit salon vert* ; la cohorte d'immeubles hostiles qui la surplombent possède, au maximum, chambres à coucher, salles de bains, cuisine, salon et salle à manger.

Dans ce quartier moderne, édifié en mordant sur les champs de blé, d'orge et les oliveraies, peu de pavillons aux ambitions bourgeoises largement frustrées parviennent à survivre.

Deux de ces pavillons sont situés à la droite et à la gauche de la grande maison, dans une proximité réticente qui rend plus perceptible et douloureuse l'infériorité manifeste de leur condition.

Pour commencer, en comparaison du vaste jardin aux arbres hauts et touffus, les jardinets des voisins font pâle figure, avec leurs décorations d'hortensias et de géraniums, leur clôture tout le long du périmètre, jusqu'au portail en fer encerclé de haies épaisses et hargneuses, et leur sol convenablement pavé de larges tuiles bon marché, entre lesquelles pousse un brin d'herbe discipliné.

Dans la grande famille, personne ne met d'habits du dimanche. D'ailleurs personne n'a l'air de faire une distinction formelle entre jours ouvrables et jours fériés.

Les punitions corporelles, rigoureusement bannies dans la famille de Milena, sont une pratique répandue partout dans la ville ; il arrive que Rosanna elle-même vienne à l'école avec les marques des coups de ceinture de son père sur les jambes.

Dans ce cas-là, son regard âpre défie Milena comme du haut d'un sentiment d'orgueil méprisant, et Milena, naturellement, se garde bien de faire des commentaires, d'exprimer solidarité, désapprobation ou, pire, compassion.

Tous les habitants de la ville, la veille de Noël, font maigre, et ils assistent, vêtus de leurs meilleurs habits, à la messe de minuit dans l'énorme cathédrale dépouillée, ou dans une vilaine église en ciment. Le jour de Noël, ils font un déjeuner interminable dans le salon réservé aux grandes occasions, avec potage, lasagnes et dinde farcie, au milieu des innombrables parents entassés autour de la table en bois étincelant, couverte pour l'occasion d'une nappe blanche immaculée.

Et le matin de l'Épiphanie les enfants ouvrent précautionneusement leurs paquets, en ôtant le papier cadeau rouge et or, et les adultes, avec une sobriété rituelle, s'échangent des cadeaux principalement utiles et austères.

Chez Milena, au contraire, on défait bruyamment des cadeaux inutiles le soir d'une veille de Noël privée de toute référence religieuse, durant un dîner incohérent et hétéroclite, le plus souvent sans autre famille que les frères et sœurs et les parents.

Pour le déjeuner du 25, on mange négligemment les restes de la veille, et le matin du 6 janvier, pour l'Épiphanie, les plus petits vident des bas remplis de friandises, sans ignorer que la Befana qui les a remplis n'a pas trouvé moyen d'exister.

Dans la famille de Milena tout le monde est très doué dans l'art de la parole.

Les mots transcendent le sens et l'émotion, ils provoquent frustration ou ivresse.

Un classement secret et impitoyable ordonne père, frères et sœurs (pas la mère, qui s'y oppose avec douceur) selon leur respective capacité dialectique, en ignorant presque entièrement tout autre mérite ou défaut.

Aucun étranger n'ose descendre dans l'arène.

Fascinée, sans défense, la ville entière n'a plus droit qu'au choix entre une inclusion subalterne et un hostile refus.

Milena y a cru, à la société secrète.

À presque treize ans, elle a tellement faim de ritualité qu'elle serait prête à croire à n'importe quoi, pourvu que cela obéisse à un acte sacré. Et cette fois, avec ses amies elle a fait les choses à fond, en respectant les codes anciens, retrouvés dans de vieux livres.

C'est elle qui a pris l'initiative, mais les autres, Rosanna, Antonella et Lidia, y ont adhéré sans aucune ironie apparente, sans même le scepticisme apathique avec lequel, en général, elles accueillent ses propositions enthousiastes de jeux et de fictions, toujours excessivement romanesques, souvent fâcheusement puériles.

Toutes ensemble elles ont établi un règlement, discuté démocratiquement, et signé le pacte de leur sang.

Et ensuite elles ont fixé leur première rencontre clandestine au vendredi, en pleine nuit, naturellement, dans la cour de l'immeuble où vit Antonella.

Après avoir obtenu facilement une dérogation spécifique, Milena a été chargée d'informer du rendez-vous secret sa petite sœur qui dort dans la même chambre qu'elle, en s'assurant de son silence par force promesses et menaces.

Elles restent toutes les deux éveillées dans le grand lit, très difficilement – Milena contrôlant continuellement l'horloge – jusqu'à minuit moins le quart, heure à laquelle elles se dépêchent de s'habiller et, se tenant par la main, s'avancent dans le couloir sombre.

Frisson de terreur dans l'escalier, parce que les barres étroites de la rampe en fer vibrent, en émettant un son de guitare, et la mère crie :

« Qui est-ce ? » d'une voix alarmée, heureusement aussitôt submergée par la torpeur nocturne.

Mais la cour d'Antonella est déserte, et aussi celle de Rosanna (se pourrait-il que Milena ait mal compris ?) ; et sous l'immeuble de Lidia, où elles arrivent vers minuit trois quarts, il n'y a personne non plus.

Rentrant tristement chez elles, les deux petites filles tombent sur le père d'Antonella, en compagnie de deux amis, tous passablement éméchés.

L'homme les fixe avec des yeux pleins d'une stupeur trouble, clairement abasourdi, au point qu'il ne trouve rien à dire ni à faire, à part les suivre du regard jusqu'à ce qu'elles tournent au coin de la rue, en résistant à l'impulsion de se mettre à courir.

En revanche il aborde le sujet le lendemain, quand Milena entre dans sa mercerie accompagnée de ses amies.

Et encore heureux. Sinon ces dernières ne les croiraient pas non plus, la preuve en est que juste avant, elles ont réagi à sa demande d'explication avec des rires indifférents, comme s'il s'agissait seulement d'un énième jeu fantaisiste que produit son imagination.

Lidia et Antonella tout au moins ; parce que Rosanna, elle, est restée silencieuse, avec une expression étrange.

Un samedi après-midi, Milena est chez Rosanna, elles sont seules, dans la petite chambre aux lits jumeaux que l'amie partage avec sa sœur aînée.

« Pas terrible », fait Rosanna, en examinant avec une grimace un vieux dessin de Milena qu'elle tient entre ses mains.

En effet, le lion qui se détache sur un fond vert foncé, comme une forêt nordique, a peu à voir avec le vrai lion qui, d'ailleurs, vit dans la savane.

Il ressemble plutôt à un animal mythologique, avec son énorme tête entièrement couronnée d'une majestueuse crinière bouclée, et son corps rachitique soutenu par quatre pattes aussi sèches et ligneuses que des bâtonnets.

Certes, on ne doit pas trop attendre d'une petite fille de CE2, mais le gros 9 rouge qui a été apposé à l'époque sur le dessin est une note visiblement disproportionnée au vu des qualités de l'exécution, assez imprécise, les couleurs débordant du cadre. Comme si ça ne suffisait pas, la maîtresse avait même griffonné à côté un commentaire élogieux, avec deux points d'exclamation enthousiastes. Au contraire, les représentations nettes et fidèles de Rosanna, avec les sujets bien délimités et les teintes parfaitement maîtrisées du dessin, avaient obtenu systématiquement des notes à peine supérieures à la moyenne. De cette injustice manifeste, les deux amies semblent prendre conscience seulement maintenant, et ce n'est pas chose agréable.

D'autre part, l'idée d'aller chercher des cahiers de classe très anciens pour les comparer, et peut-être en rigoler ensemble, a été suggérée par Rosanna, ce qui signifie que, presque à coup sûr, elle dissimule un but caché.

Milena en a la certitude presque mathématique lorsqu'elle se rend compte, avec un frisson, qu'à l'intérieur de la petite chambre tout est bizarrement silencieux, si l'on repense à la densité de population remplissant l'appartement les jours fériés, comme aujourd'hui : la mère, le père, un jeune oncle, la sœur, la grand-mère, et même une arrière-grand-mère aveugle qui parle peu, mais que l'on entend généralement s'affairer en permanence entre la cuisine et la salle à manger.

« Tu me l'offres ? » demande Rosanna, sur un ton provocateur.

« Mais il ne te plaît pas… » objecte Milena.

« Il ne me plaît pas, mais j'ai envie de le garder, juste comme ça, en souvenir. »

Alors qu'en fait elle a peut-être seulement l'intention de le détruire, par rage, ou vengeance.

« Celui-là, je ne peux pas te le donner, ma mère a dit qu'elle voulait l'encadrer. »

L'argument ne tient pas debout, et Milena l'utilise sans conviction : aucun membre de la famille ne s'est jamais intéressé à ses dessins, ni à ses succès scolaires successifs, considérés comme totalement sans importance.

« Justement », dit Rosanna avec un sourire.

En général Rosanna ne sait pas sourire.

On a toujours l'impression qu'elle sourit contre son gré, ou bien avec une intention particulière, le plus souvent malveillante.

Les lèvres trop fines s'étirent de manière forcée sur les dents petites et régulières, entrouvrant une fente d'où filtre une faible lumière froide, qui s'éteint lentement, sans avoir aucunement éclairé son expression.

Mais cette fois son sourire semble rien moins que pervers.

Dans la pièce l'atmosphère s'est soudain épaissie.

« Tu es allée raconter à Antonella que l'amie de ma sœur a fait l'amour dans un champ ! » hurle Rosanna de manière incohérente, de but en blanc.

L'accusation n'est pas totalement infondée, mais un aveu pourrait être néfaste.

« C'est pas vrai, se défend Milena, Antonella le savait déjà… »

Elle n'a pas le temps d'en dire plus, parce qu'à l'instant, dans un énorme fracas de cris et de reproches, et une impressionnante agitation de bras qui veulent l'attraper, ils font irruption tous en même temps – à l'exception unique de l'arrière-grand-mère aveugle –, la renversant, la submergeant, et alors Milena s'imagine qu'ils sont restés derrière la porte pendant des heures à écouter en cachette, en embuscade.

Ils la secouent, la poussent, hurlant des injures avec des visages déformés qui l'épouvantent.

Le père de Rosanna va jusqu'à lui donner des coups de pied, avant de l'abandonner sur le paillasson, en larmes, plus des larmes de honte que d'indignation.

Milena rentre chez elle très ébranlée, cela va de soi, et sa mère doit insister très longtemps pour la convaincre de lui raconter ce qui s'est passé.

Au dîner, les faits sont exposés en présence de toute la famille, y compris de la vieille domestique qui écoute en douce, avec un air sournois, en débarrassant la table.

À dire vrai, le récit de Milena, confus, incohérent et entrecoupé de sanglots, ne permet à personne de se faire une idée précise des circonstances qui ont provoqué l'agression.

S'ensuit un débat assez animé, avec moult digressions, à l'issue duquel on choisit, plus ou moins d'un commun accord, une attitude de neutralité distante à laquelle, d'ailleurs, dans les semaines suivantes, aucune excuse, aucune tentative de réconciliation ni relance de la part de la famille de Rosanna ne font obstacle.

Livrée à la merci de son propre sentiment persistant de honte, Milena finit par distinguer un enchevêtrement de responsabilités, qui impliquent les habitudes de sa famille, sa maison, son jardin, et lui imposent un parcours rigoureux d'expiation et une douloureuse abjuration.

Elle se met à haïr des choses qui jusqu'alors lui étaient apparues comme le signe d'une supérieure indifférence envers des détails futiles et sans importance : par exemple, le tablier d'école de sa sœur cadette, froissé et plein de taches, avec le nœud rose qui pend mollement.

Même sa mère, dont il lui est pénible de se séparer, ne serait-ce que pour aller à l'école, même sa mère adorée la met en rage : toujours en robe de chambre et pantoufles, quand elle ne passe pas carrément des heures au lit, en plein jour, souvent bourrée de calmants, *et pourquoi pas, vu qu'elle peut se le permettre.*

Milena prend goût à la traiter grossièrement, de toute façon la pire punition qu'on puisse lui infliger chez elle consiste en une amende (une amende !), d'un montant variable, qui est prélevée sur son argent de poche mensuel dont elle ne sait de toute façon que faire.

Jusqu'à la fin du printemps elle subit, sans se résigner, l'ostracisme mutique auquel son amie l'a condamnée, et c'est seulement au début de l'été qu'elle ose faire les premiers pas pour opérer un rapprochement prudent.

Par un chaud après-midi, en rentrant de l'école, Rosanna l'autorise à l'accompagner jusqu'à l'entrée de son immeuble.

Elles montent sur la terrasse de l'immeuble qui est ouverte et y restent un long moment sans parler, à regarder l'étendue d'épis mûrs que le vent agite comme des vagues dorées, tandis que le fil très fin de leur amitié commence peut-être laborieusement à se renouer.

Quelques jours plus tard, Milena et Rosanna accompagnent l'arrière-grand-mère aveugle en promenade entre les oliviers de l'ancienne ferme, derrière le dernier bloc d'immeubles qui fait face à la campagne.

Et la semaine suivante, Milena est finalement réadmise chez son amie.

Quand elle sonne à la porte pour la première fois depuis

si longtemps, son cœur bat très fort, et à l'interphone sa voix vacille et meurt dans un croassement, finalement interrompu par le trille sourd du bouton qui déclenche l'ouverture de la serrure.

C'est un après-midi de semaine, et le père et l'oncle sont aux champs.

L'arrière-grand-mère aveugle somnole dans la salle à manger, et la mère, la sœur et la grand-mère vont et viennent en s'activant, indifférentes.

Le tic-tac de l'horloge qui s'égrène au mur amplifie le silence.

***

La chatte de Milena a accouché trois jours plus tôt.

C'est une chatte blanche et, sans trop se fatiguer, un membre de la famille l'a baptisée Bianchina.

Elle a pris un caractère pleurnichard, et elle a l'aspect typique, abattu et négligé, commun à tous les animaux que la famille a accueillis et accueillera tout au long des années, sans établir avec eux d'autre relation qu'une coexistence indifférente et intermittente.

Durant l'une de ses fréquentes fugues, elle a dû s'accoupler avec le premier chat bâtard du quartier.

Ce n'est pas la première fois, et à chaque accouchement il en sort un nombre variable de chatons, instantanément affamés et glapissants, que le jardinier se charge de faire disparaître, selon des modalités dont les détails demeurent inconnus.

Cette fois les chatons sont au nombre de six, quatre mâles et deux femelles, nés sur un tas de linge crasseux, dans un placard où ils ont risqué de mourir étouffés, parce que l'ouverture par laquelle la chatte était entrée a été distraitement refermée, et mère et enfants sont restés piégés à l'intérieur pendant au moins deux jours.

Cela, d'après ce que Milena a entendu raconter rapidement par la domestique au postier qui apporte les courses le jeudi matin, histoire de bavarder un peu, pendant qu'il posait la caisse en contreplaqué remplie de victuailles sur la table de la cuisine, et lui tendait le crayon qu'il s'était coincé derrière l'oreille pour lui faire signer le reçu.

Ce récit n'a pas perturbé Milena tant que ça ; concernant la chatte, ses sentiments sont encore plus ou moins alignés sur ceux que la bestiole suscite dans la famille : un sentiment de nuisance qu'une vague pitié tempère à peine.

En somme, plus ou moins l'obole que tous accordent de bon gré à n'importe quel être vivant qui ne soit pas doté d'attributs exceptionnels.

D'ailleurs, Milena a entraperçu hier la portée larmoyante et elle en a conçu plus de dégoût que de peine.

Mais aujourd'hui, tandis que Rosanna la raccompagne chez elle, elle est à la recherche d'un prétexte plausible pour l'attirer au moins à l'intérieur du périmètre de son jardin, qui semble inspirer désormais à son amie une répugnance invincible.

Elle ne l'exprime pas en mots, évidemment, mais son attitude montre clairement que le portail de la maison de Milena constitue une frontière qu'elle n'a plus l'intention de franchir.

Elles se voient à l'extérieur ou chez Rosanna, mais chez Milena, jamais.

Et pourtant, raisonne Milena, du haut de la position dominante qu'elle a désormais acquise, Rosanna devrait être disposée à lui accorder un peu d'indulgence. À la différence de Milena, elle a beaucoup grandi ces mois derniers.

Elle la dépasse nettement en taille et, seule parmi les filles de son âge, elle porte carrément un soutien-gorge.

Elle ne porte plus les cheveux courts, avec la raie tracée à grand-peine dans l'enchevêtrement des boucles touffues et épaisses, mais elle a une coiffure de dame, avec les cheveux tirés en arrière et rassemblés dans une queue-de-cheval basse, qui les force à rester lisses et collés au crâne.

Tout cela constitue un avantage qui visiblement la remplit d'orgueil, et que Milena, naturellement, se garde bien de lui contester. Mais il est inutile de la faire renoncer à son obstination et à son dédain silencieux.

Elles sont en train de dépasser les haies du pavillon qui jouxte la maison de Milena.

Là vit un couple d'une cinquantaine d'années, les Giovanardi.

Ils n'ont pas d'enfants et leur maison a représenté, jusqu'à l'arrivée de la grande famille, l'édifice le plus remarquable du quartier.

C'est peut-être pour cette raison qu'ils n'ont jamais vu d'un bon œil aucun de ses membres, ni elle, ni ses frères, ni leurs parents.

Les Giovanardi sont tous deux professeurs de lycée, et la femme est lointainement apparentée à la famille de Rosanna.

Heureusement pour elle, il s'agit d'un lien assez vague, ce qui permet d'éluder totalement les obligations que les liens familiaux comportent fatalement, surtout ici en province, et dont le respect, étant donné la distance sociale et culturelle qui sépare les deux familles, serait plutôt embarrassant pour elle.

À moins qu'il ne s'agisse d'exercer une surveillance attentive de Rosanna et sa sœur, avant de faire, très froidement, un rapport minutieux aux parents.

À travers la barrière verte des pittosporums, on devine, l'une à côté de l'autre, les deux chaises longues où sont assis les époux Giovanardi, absorbés, apparemment, dans la lecture des journaux.

À ce stade, comme c'est désormais la règle, Rosanna ralentit ostensiblement le pas, à l'évidence pour signifier qu'elle a l'intention de prendre congé de son amie avant qu'elle n'ait le temps d'ouvrir le portail donnant sur le jardin.

« Tu veux voir les chatons ? » demande soudain Milena.

« Quels chatons ? »

« Notre chatte a accouché il y a trois jours. »

Rosanna l'observe avec méfiance, mais Milena sait qu'elle a marqué un point, parce que Rosanna aime les animaux.

Tous les animaux, même les brebis de son père.

Elle aurait voulu un chien.

Le père en garde un aux champs, maigre et hargneux, toujours attaché quand il ne surveille pas le troupeau.

Rosanna lui donne à manger en cachette, dès qu'elle en a l'occasion, avec les restes qu'elle réussit à mettre de côté. À ses risques et périls, car le père veut que son chien demeure affamé et dangereux.

Une fois, Milena aussi y est allée, mais elle ne s'est pas approchée, par peur. Du chien et aussi du père de Rosanna, qui pouvait arriver d'un instant à l'autre, et allez savoir comment il aurait réagi.

« Je ne savais pas qu'elle était enceinte », dit Rosanna, probablement seulement pour gagner du temps.

« Quatre garçons et deux filles », réplique Milena. Puis elle ajoute, pas du tout sincère :

« Ils sont très beaux. »

Rosanna hésite, elle est visiblement sur les charbons ardents.

Une rougeur de colère lui monte au visage, lui restituant brièvement son aspect de petite fille.

« Vous les avez mis où ? » demande-t-elle d'un ton brusque.

« Dans un panier, dans le local à chaudière. »

Quand elles ouvrent la porte en fer, il règne une atmosphère suffocante dans la pièce à moitié plongée dans la pénombre.

Une puanteur lourde a tout envahi et tout imprégné.

La chatte est en train d'allaiter, allongée sur un tas de chiffons noircis. Elle lève à peine la tête et émet un faible miaulement effrayé.

Rosanna reste un peu sur le seuil, toute raide, fixant la scène avec un étrange regard brillant, comme si elle avait 40 de fièvre.

« Le bol est vide », finit-elle par dire à voix basse, d'un ton rude, en désignant une petite assiette en plastique posée par terre, sur le sol en ciment. « Il n'y a plus d'eau, tu ne vois pas ? Elle doit boire beaucoup pour allaiter. »

Par chance le jardinier a fait une mauvaise bronchite, si bien qu'en son absence, personne n'accomplit la tâche pénible de prélever les chatons, en détournant l'attention de la mère avec de la nourriture, avant de l'enfermer quelque part où elle laisse libre cours à son désespoir avec des miaulements désespérés.

C'est ainsi que pendant plusieurs jours, chaque après-midi, les deux amies peuvent se donner rendez-vous à la grille, faire le tour par l'arrière et se rendre ensemble dans le local à chaudière.

Où, en l'absence de Rosanna, Milena trouverait que le temps s'écoule avec une lenteur exaspérante, toutes les deux assises là à contempler la chatte épuisée et somnolente, assiégée par ces minuscules créatures qui se disputent furieusement ses mamelles, ou occupée à les laver consciencieusement un par un.

Et encore, quand ils ne sont pas tous carrément en train de dormir, entassés les uns sur les autres, dans ce cas il n'y a vraiment rien à observer, et la chaleur est insupportable, mais au moins on peut échanger quelques mots – à voix basse, pour ne pas les déranger –, en attendant qu'ils se réveillent et que le spectacle recommence, toujours plus ou moins identique.

Même si quelqu'un en avait l'envie, il est encore interdit de toucher les chatons, tous ébouriffés et trébuchants, *parce que sinon la chatte s'en détourne avant de les laisser mourir de faim*, d'après ce que Rosanna a dit.

Elle n'entre jamais dans la maison, au pire elle envoie Milena y chercher à manger et de l'eau, ou un chiffon propre pour le panier.

Pour le moment Milena lui cède, mieux vaut ne pas insister.

L'inviter explicitement à entrer aurait presque certainement pour conséquence un refus tout aussi explicite et, pour cette raison même, inéluctablement définitif.

Elle préfère attendre patiemment (la patience est une vertu dont elle a désormais appris à apprécier les avantages), jusqu'à ce que se présente une occasion, un hasard non prémédité et imprévu, auquel Rosanna ne se sera pas préparée à résister.

Certes, pour le moment les signaux ne sont pas encourageants.

Toujours cette hésitation ombrageuse avant de se décider à franchir la grille (avec un coup d'œil rapide au jardin des Giovanardi, à travers les haies de pittosporums), et surtout cette soudaine immobilité, sur le qui-vive, cette expression immédiate d'alerte au cas où, tandis qu'elles sont dans le local à chaudière à monter la garde auprès de la chatte, elles entendent des pas traînants ou rapides sur le gravier, jusqu'à ce que la personne à l'approche, quelle qu'elle soit, s'éloigne et ouvre et referme la porte d'entrée.

Mais l'autre jour, pour ne pas mourir de chaud, elles ont laissé la porte entrouverte, et voilà qu'Antonio, le plus jeune frère de Milena, qui a cinq ans de plus qu'elle, surgit sur le seuil.

Il a un beau visage ouvert et de longs bras qui se balancent et dont il ne sait jamais trop quoi faire.

À cet instant la chatte vient juste de se traîner paresseusement jusqu'à l'assiette et elle est en train de boire, les chatons dorment, tandis que Rosanna prépare un panier propre dans l'angle le plus frais, près de l'unique fenêtre grillagée.

La chatte bondit en arrière en faisant le gros dos, avec un miaulement rauque, et Rosanna s'interrompt instantanément et rougit jusqu'à la racine des cheveux.

Il y a une seconde de rien, imprégné de chaleur et d'odeurs.

« Qu'est-ce que vous faites ici dans le noir, c'est irrespirable là-dedans, vous voulez mourir étouffées ? » dit Antonio, en plissant les yeux pour distinguer quelque chose.

« Ferme la porte, s'il te plaît, sinon la chatte va s'enfuir », répond Rosanna d'une voix lente et circonspecte, tel un dompteur qui tient en respect un fauve.

« Ah, c'est toi, Rosanna ! » dit-il avec un sourire embarrassé qui se veut indulgent, de garçon plus âgé – mais dans ses yeux, même dans la pénombre, se lit clairement qu'il est agréablement surpris. « Mais tu sais que je ne t'avais pas reconnue ? C'est dingue ce que tu as grandi, tu es devenue une jeune fille… »

Puis il s'adresse à Milena :

« Et toi, qu'est-ce que tu attends pour grandir ? Rosanna va avoir honte de se balader avec une morveuse comme toi. J'ai raison, non ? poursuit-il, avec un clin d'œil pour Rosanna, faussement désinvolte. Ça doit être pour ça que vous êtes cachées là-dedans… »

Il rit tout seul de sa blague, bêtement, puis il ajoute, sans méchanceté :

« Mais vous ne vous étiez pas disputées toutes les deux ? »

« Ferme la porte s'il te plaît », dit Milena, avec impatience, bien que la chatte, à ce moment-là, se soit accroupie dans un coin, dans l'unique intention de surveiller Antonio et de siffler faiblement dans sa direction.

« Tu parles qu'elle s'échappe ! rétorque-t-il sans l'écouter. Au pire elle sort faire un tour, mais elle finit toujours par revenir… Qui pourrait bien adopter une telle engeance ? »

Ce n'est pas la chatte qui préoccupe Milena.

Alors que Rosanna, oui, a l'air prête à prendre la fuite.

On voit bien qu'elle est tendue, embarrassée, confuse.

Toute cette patience, toutes ces précautions peut-être rendues vaines par cette intrusion idiote.

Il y a un long silence, Rosanna a un étrange sourire tendu et immobile sur les lèvres, et ses yeux brillent comme si elle allait fondre en larmes, mais c'est impossible, elle ne pleure jamais, même quand son père la bat, alors maintenant, n'y pensez même pas.

« Pourquoi vous n'entrez pas à la maison, ou vous n'allez pas dans le jardin prendre le frais sous les arbres ? » finit par dire Antonio.

« Merci, répond Rosanna d'une petite voix monocorde, anormalement gentille, on préfère rester ici avec la chatte. »

« Vous m'avez l'air de deux folles », fait Antonio, et il part sans hâte en fermant la porte.

C'est une journée particulièrement étouffante, et Rosanna a eu la permission de sortir en sandales, jambes nues.

Ça doit être un soulagement, et pas seulement à cause de la chaleur.

Une fois, en hiver, elle était arrivée à l'école avec les bas en nylon transparents de sa sœur, au lieu des chaussettes en coton ajouré qui la faisaient ressembler à une petite fille, et alors son père lui avait flanqué une raclée, et elle avait gardé les traces du fouet sur les mollets pendant au moins dix jours.

Elles sont assises par terre, Rosanna sur un journal ouvert pour ne pas abîmer sa robe neuve à manches courtes bouffantes, confectionnée par sa grand-mère avec un tissu à petites fleurs jaunes et roses.

Il s'agit sans aucun doute d'un vêtement destiné à de grandes occasions, comme une fête d'anniversaire, ou la messe du dimanche, il est peu probable qu'ils l'aient laissée le porter aujourd'hui, pour se rendre ici dans le local à chaudière (pour autant que sa famille soit au courant de ses visites à la chatte).

Mais ensuite on apprend que le père s'est absenté quelques jours, et alors tout s'explique, au pire la mère lui donnera une claque, ce qui n'est vraiment pas grand-chose, et peut-être on l'enverra se coucher sans manger.

Mais c'est quand même bizarre de la voir comme ça.

Et surtout, cela déplaît à Milena, parce qu'elle trouve que cette petite robe ne lui va pas du tout.

Les petites fleurs colorées imprimées sur le tissu, les manches bouffantes avec un ruban de satin qui serre le bras, la coupe maniérée jurent avec l'expression de son amie, mûre, grave presque.

S'il venait à l'esprit d'Antonio de faire une autre apparition, pense Milena avec angoisse, il est probable que, pour faire le malin, il sortirait une des blagues dont il a le secret, il se mettrait à la chantonner, et alors il blesserait à mort Rosanna, et ça, Dieu sait quelles conséquences douloureuses ça pourrait avoir.

Ce qui explique que Milena a du mal à contenir une certaine appréhension, et qu'elle ne quitte pas du regard la porte, qui de toute façon, aujourd'hui, a été prudemment fermée.

Même Rosanna jette parfois des coups d'œil dans cette direction, elle aussi a l'air mal à l'aise, même si ce n'est pas exactement de la même manière.

Le moindre bruit en provenance de l'extérieur capture toute son attention.

Elle a un air vague, distrait, comme si elle pressentait un événement décisif, dont l'arrivée possible l'inquiète autant que son attente.

Mais rien ne se produit, sinon que Rosanna devient soucieuse et plus taciturne que d'habitude et, en fin d'après-midi, elle est d'une mauvaise humeur insupportable, chaque prétexte est bon pour chercher la bagarre, même si Milena fait attention à ne pas lui en donner l'occasion.

« Vous allez en faire quoi ? » demande soudain Rosanna, après un long silence hostile, en faisant allusion aux chatons.

« Je ne sais pas, répond Milena, en général c'est le jardinier qui s'en occupe, mais là il est malade. »

« *En général c'est le jardinier qui s'en occupe...* imite Rosanna, et sa voix a un accent de haine qui lui donne des frissons, pourquoi vous êtes incapables d'appeler les choses par leur nom ? »

Le soir, Milena se souvient que chaque accouchement de la chatte a été suivi d'une agitation inhabituelle du jardinier à la maison, gants en caoutchouc, hauts récipients cylindriques remplis d'eau, tout un remue-ménage affairé, portes fermées et furtivement rouvertes, un sac-poubelle foncé fermé avec un élastique et chargé dans la camionnette, et ensuite les interminables pleurnicheries de la chatte, inconsolable pendant plusieurs jours.

Elle y pense avant de s'endormir, et en rêve sa maison devient un repère d'assassins.

Il y a du sang dans l'escalier, une eau trouble et noire a envahi la chambre de son père.

Sous la surface nagent des monstres couverts d'écailles luisantes.

***

Le lendemain Rosanna ne vient pas.

« Je ne peux pas sortir aujourd'hui », lui crie-t-elle de la fenêtre.

C'est peut-être une punition pour l'histoire de la robe.

« Je dois te parler, c'est important », répond Milena d'en bas, en reculant pour voir son visage.

« Monte », finit par dire Rosanna.

Ça sent le chou dans l'escalier que Milena monte à toute vitesse jusqu'au quatrième étage, trop impatiente pour attendre l'ascenseur.

« Je me suis dit, déclare-t-elle à peine sur le seuil, sans même reprendre son souffle, qu'on pourrait emmener les chatons avec la chatte quelque part, les cacher dans un endroit sûr, au moins jusqu'à ce qu'ils soient sevrés, et ensuite on les libère, de toute façon ma famille s'en fiche totalement, du moment qu'ils ne les ont pas dans les pattes. »

« Et ça serait où cet endroit ? »

« Je ne sais pas encore. Un hangar, ou un garage que personne n'utilise… »

« Et tu en as un, de *garage* comme ça ? » dit Rosanna, en insistant sur le mot *garage*, comme si elle en ignorait le sens.

« Non, moi non, mais j'ai pensé qu'on pourrait en chercher un… »

« Quand tu penses, essaie de penser jusqu'au bout », l'interrompt Rosanna.

Après quoi elles se taisent un peu, Milena ruminant sa propre mortification, mais pas tant que ça, parce qu'elle sait que Rosanna, après une sortie de ce genre, prépare toujours quelque chose.

Une chose bonne ou mauvaise, inutile de faire des prévisions, il suffit d'attendre.

Et en effet, juste après, elle dit :

« Viens avec moi », et elle l'entraîne en direction de sa chambre.

Chez elle il y a seulement l'arrière-grand-mère aveugle qui fait du crochet dans la salle à manger, mais la précaution n'est pas inutile, on sait que les aveugles ont l'ouïe fine.

« Peut-être que moi j'en ai un, d'endroit comme ça,

dit-elle à voix basse, après avoir fermé la porte. C'est un abri abandonné, mais c'est loin, à la campagne, dans le coin où mon père a ses brebis, mais encore plus loin, il faut y aller en voiture. »

Puis elle la laisse réfléchir, comme on attend que quelqu'un résolve une devinette dont on connaît la solution.

« Antonio vient d'avoir le permis, finit par dire Milena, d'une voix incertaine, de crainte de faire fausse route. Il n'a pas encore de voiture, mais il pourrait s'en faire prêter une par un de nos frères. Je peux lui demander de nous aider. »

Rosanna hausse les épaules :

« Ça pourrait être une idée », répond-elle avec indifférence.

Maintenant il faut se dépêcher d'agir, à cause du risque très concret que le jardinier revienne à la maison d'un jour à l'autre avec tout son sinistre équipement ; un homme dans son genre guérit d'une simple bronchite en moins d'une semaine.

Heureusement, Antonio se laisse convaincre plutôt facilement ; il semble même que la mission l'amuse, ne serait-ce que parce que conduire une voiture lui procure encore un énorme plaisir, surtout s'il s'agit de sortir de la ville, où jusqu'à présent il ne s'est jamais aventuré sans une personne plus experte.

On ne peut exclure, en outre, que la présence de Rosanna offre à ses yeux un motif supplémentaire d'intérêt, il devine sans aucun doute qu'il peut conquérir son admiration au prix d'un effort très inférieur à celui auquel il est contraint pour attirer l'attention des filles de son âge.

On décide de partir le lendemain, en début d'après-midi.

Antonio charge tout seul en cachette la chatte et ses chatons dans la 600 de son frère, après les avoir enfermés dans une grosse boîte en carton, avec le couvercle percé de trous.

Les filles l'attendent à un carrefour, deux ou trois pâtés de maisons plus loin, pour ne pas éveiller de soupçons dans le voisinage.

Milena a attendu l'arrivée de son amie avec un peu d'appréhension, redoutant de la voir apparaître avec sa petite robe à fleurs.

Au contraire, Dieu merci, la voilà qui arrive en pantalon et tennis.

Que le choix ait été inspiré par le bon sens de Rosanna ou ait été imposé par sa famille, le fait est qu'il est parfait, ce style lui va très bien, et la voir contente et en pleine forme, avec des joues qui ont rougi seulement légèrement et agréablement, rend Milena carrément euphorique, d'autant plus qu'Antonio a l'air d'apprécier.

Il blague continuellement avec elle, espionnant à la dérobée ses réactions.

Et Rosanna est fascinante avec son sourire impénétrable.

Ils ont étudié l'itinéraire sur une carte et arrivent à destination après très peu d'erreurs de trajet – Rosanna est une copilote attentive et appliquée.

La campagne est un peu brûlée et il fait très chaud, ce qui n'empêche pas l'ambiance d'être joyeuse, on chante même, du moins Antonio et Milena, Rosanna est d'excellente humeur, mais pas au point de perdre sa réserve.

Et puis elle s'inquiète pour les chatons qui pourraient souffrir de la chaleur, ils sont encore très fragiles.

Ils pleurent et se lamentent sans interruption, tous, mère et enfants, c'est un miaulement quasi ininterrompu, et elle ne cesse de se tourner pour regarder la boîte, agitée de secousses de terreur durant tout le trajet.

« Tout doux, tout doux, on est presque arrivés », répète-t-elle de temps en temps, en donnant une petite tape légère sur le couvercle.

Finalement l'abri apparaît, une petite construction en pierre à moitié délabrée et partiellement couverte de plantes grimpantes.

La porte, fabriquée avec des planches en bois clouées sur un châssis rudimentaire, s'ouvre facilement d'une poussée, et à l'intérieur il fait assez frais.

Rosanna s'agite dans tous les sens pour rendre le refuge le plus confortable possible.

Le panier est installé dans le coin le plus abrité, où la végétation a pris entièrement possession du toit, empêchant le soleil de filtrer à travers les ouvertures.

Finalement la boîte est ouverte, la chatte saute à l'extérieur d'un bond rageur ; mais il faut étendre les chatons dans leur panier un par un.

C'est naturellement Rosanna qui se charge de cette opération.

Jamais Milena ne l'a trouvée aussi belle qu'en ce moment, entièrement absorbée par sa tâche avec une douceur de jeune maman, sans penser à autre chose qu'à ces petites créatures tremblantes, sans jeter un seul regard à Antonio.

Et même (vraiment bizarre), sans se rendre compte non plus qu'il est en train de la regarder.

Une fois que les bols contenant la nourriture et l'eau, qui devraient tenir trois ou quatre jours, ont été installés, on pourrait y aller, mais Rosanna insiste pour qu'ils attendent que la chatte se soit remise à allaiter, et alors on sera sûr que ce déménagement forcé n'a pas été traumatisant au point de la détourner du soin de ses bébés.

Tout s'est bien passé. Dans la famille ils ne se sont pratiquement aperçus de rien.

Quand le jardinier est arrivé, le local à chaudière était désert, et quelques savants indices faisaient penser à une fugue.

Comment cette bestiole a pu faire pour emmener ses petits en cachette demeure une énigme qui fait naître une série d'hypothèses, et les possibles motivations qui l'ont poussée à une action de ce genre suscitent d'intéressantes réflexions autour du merveilleux instinct animal.

Après quoi, le sujet est clos.

Pour Antonio il n'est pas toujours simple de trouver des excuses pour se faire prêter la voiture, mais heureusement il est le seul de la famille à s'intéresser au sport, ce qui lui permet de fournir des indications très vagues et contradictoires au sujet du nombre, de la fréquence et de la durée des matchs de foot en banlieue, sans que personne ne le remarque ou n'en conteste la vraisemblance.

Pendant ce temps, à la campagne les chatons ont fait

des progrès incroyables, d'ici peu ils seront totalement autonomes.

La chatte souffre un peu d'être enfermée, il faut toujours surveiller qu'elle ne s'échappe pas en ouvrant la porte.

D'ailleurs, une fois qu'ils n'avaient pas fermé la porte à temps, elle a filé entre leurs jambes et s'est enfuie à travers champs.

Tous les trois se sont mis à sa recherche, chacun partant dans une direction différente.

Finalement c'est Milena qui l'a trouvée, mais entre-temps les deux autres avaient disparu, et elle a eu une vraie frayeur, toute seule au milieu de la campagne, au point qu'elle s'est mise à pleurer et crier, jusqu'à ce que surgisse Rosanna, toute froissée, décoiffée, cramoisie, qui l'a consolée.

Venant d'elle c'était tellement bizarre, et tellement beau, que Milena n'a pas regretté ces minutes de terreur.

Rosanna l'embrassait, la caressait, toute tremblante comme si on était en plein hiver, et pas au début d'un été caniculaire.

Alors Milena a continué à pleurer, en partie parce qu'elle avait vraiment eu une frousse terrible, en partie parce qu'elle aurait voulu que ce moment ne s'arrête jamais.

Ensuite, après un moment assez long, Antonio est arrivé en sifflant, d'une tout autre direction.

Et évidemment il s'est moqué de sa sœur, la traitant de froussarde, d'une manière particulièrement exaspérante, comme s'il jouait une scène pour un public complaisant.

Le fait que Rosanna était ce public, Milena l'a compris tout de suite à certaines œillades qu'elle lui lançait.

Ensuite elle y a repensé pendant le trajet du retour,

qui s'est déroulé dans le silence le plus absolu, ils semblaient soudain tous tristes et privés d'énergie.

***

C'est tout pour la chatte.

Mais aujourd'hui il se passe quelque chose de nouveau, que Milena a hâte de raconter à son amie.

« Mes frères organisent une fête », dit-elle, tout excitée, tandis que Rosanna la raccompagne chez elle.

« Quelle fête ? » réplique Rosanna sur un ton grognon.

Depuis quelque temps elle a des sautes d'humeur, elle est joyeuse, puis découragée et éteinte, ou bien certains jours il est impossible de lui parler, on dirait que tout l'exaspère.

Il est probable qu'aujourd'hui elle est dans un de ces jours-là.

« Une fête dansante, samedi prochain », répond Milena, en refrénant son propre enthousiasme.

« Ta famille est d'accord ? » finit par demander Rosanna.

« Oui, du moment qu'après tout soit remis en ordre. Mon père ne sera pas là, maman restera à l'étage. »

Puis elle se souvient qu'aux yeux de tous, la condescendance apathique de sa mère ne mérite aucune sympathie particulière, et elle s'empresse d'ajouter :

« Mais elle descendra de temps en temps voir comment ça se passe. »

Rosanna a un sourire moqueur.

« Et qui seront les *invités* ? » demande-t-elle ensuite, comme si le terme *invités* était seulement un euphémisme désignant une catégorie de personnages inqualifiables.

« Des amis à eux, des garçons de leur classe et d'autres. »

« Des amis et des garçons de leur classe. Et ils dansent avec qui ? »

« Ils dansent avec qui ? »

« D'après ce que tu as dit ça ressemble à une fête entre garçons. »

« Mais non, pas du tout. Il y aura aussi des filles. »

Apparemment cette précision, plutôt évidente, n'est pas la plus susceptible de rendre à Rosanna sa bonne humeur, et alors Milena croit bon de préciser :

« La fête, c'est mes frères aînés qui l'organisent, il y aura leurs amies de la fac. »

Néanmoins les préparatifs impliquent toute la famille et, de manière inattendue, ils éveillent dans le voisinage un intérêt dépourvu de méfiance.

Pour la première fois il se produit dans la grande maison quelque chose que tout le monde peut comprendre, ce lieu exotique à un point exaspérant s'ouvre enfin à un événement vraiment populaire, pas un Noël qui ne respecte pas les rites, ni un débat oiseux à base d'arguments obscurs, mais une fête où il y aura à boire et à manger, de la musique dansante et de probables épisodes romantiques.

Milena ne cesse d'informer ses amies, dont la curiosité excitée l'enveloppe comme une accolade rassurante, des détails de l'organisation qu'elle apprend au fur et à mesure : le choix de la nourriture, la sélection des disques, le nombre d'invités attendus, entre vrais invités et invités de deuxième ordre, à savoir ceux que les invités auront invités.

Rosanna ne la presse pas de questions, à la différence de Lidia et Antonella.

C'est déjà un miracle qu'elle soit là, à écouter, plutôt

réticente, les bavardages puérils des autres, assise un peu à l'écart sur le canapé du salon.

« Sa tante, raconte Antonella dans un murmure, avant de partir, est allée parler à sa mère… »

On comprend plus tard que la *tante* est Mme Giovanardi qui, en effet, est seulement une lointaine cousine de la mère de Rosanna, mais comme on le sait, certaines parentés sont plutôt élastiques par ici, plus ou moins étroites selon les cas.

En résumé, Mme Giovanardi serait allée raconter à la mère de Rosanna de rester vigilante, les yeux bien ouverts, *parce que ta fille a recommencé à fréquenter cette maison trop souvent, et un des garçons lui tourne autour d'une manière qui ne me plaît pas ; surtout maintenant qu'elle est devenue une jeune fille, il faut l'avoir bien à l'œil sans desserrer la laisse, pas seulement pour sa réputation, il y a aussi des risques concrets, ces gens-là n'ont aucune morale…*

Après quoi elle a fait un grand ménage chez elle, elle a confié ses géraniums et ses azalées à une personne de confiance, elle a enfermé les bijoux de famille au coffre, et puis mari et femme ont chargé les bagages, un set de valises impeccables, sur leur coupé Lancia Fulvia d'un blanc éclatant, et ils sont partis à la mer.

Comment Rosanna a réussi à éviter que cet entretien n'aggrave ensuite la sévère discipline familiale, c'est vraiment un mystère.

De toute façon son père sera bientôt de retour, et il faut s'attendre à un brutal contrecoup.

Pour le moment Rosanna n'a pas l'air de trop y penser.

Elle va et vient librement, même si elle se laisse moins

aller que les autres et qu'elle passe la plupart du temps toute seule.

Souvent à lire, dans un coin, un livre que lui a prêté Antonio.

Lorsqu'elle fait son apparition après le déjeuner, on a toujours l'impression qu'elle est venue pour une tâche urgente, ou un message d'une importance et d'une gravité extrêmes.

Elle a une expression déterminée et presque féroce, comme si rien ne pouvait la détourner d'accomplir sa mystérieuse mission.

Au cours de l'après-midi cette attitude disparaît progressivement, jusqu'à se dissoudre dans une humeur incertaine, soumise à de tumultueuses oscillations.

Comme quand, par exemple, Antonio blague avec elle d'une manière trop désinvolte, et alors elle prend un air mécontent, insatisfait, pour ne pas dire carrément offensé.

À Milena, Rosanna adresse rarement la parole, et d'un ton sec, comme si elle la tenait responsable d'un quelconque crime, mais au moins, ce qu'il y a de bon c'est que le désir de la blesser par des insinuations cruelles ou des blagues sarcastiques, comme elle le faisait avant, lui est apparemment passé.

Une seule fois, au cours des deux derniers jours, elle a fait allusion à la chatte, pour exprimer à mi-voix son doute que l'eau et la nourriture qu'ils ont apportées lors du dernier voyage tiennent jusqu'à dimanche prochain, quand Antonio, avec l'excuse d'un match de foot, pourra de nouveau demander à son frère qu'il lui prête la 600, utilisée ces jours-ci pour le transport de tout ce qui est utile à la fête, et qui samedi devra aussi servir à accompagner des filles jusqu'ici.

Samedi après-midi.

Ça y est. Vers cinq heures le défilé des invités commence.

Il y en a tellement, minimum quatre-vingts.

Des amis des deux frères aînés de Milena, comme on l'a déjà dit, et des amis d'amis.

Et puis de nombreuses filles inconnues auparavant, qui descendent de vieux véhicules utilitaires encombrés et délabrés.

À travers les fenêtres du petit salon à l'étage au-dessus, d'où Milena et ses camarades espionnent l'arrivée des invités, on peut les observer sortir des véhicules, les unes après les autres.

De ce poste d'observation, on a du mal à bien voir leurs visages, mais les escarpins à petits talons, les jambes nues ou couvertes de collants transparents, les jupes étroites au genou (la minijupe n'est pas arrivée jusqu'ici en province, et les pantalons sont encore excentriques pour une femme), les foulards en soie colorée qui, après quelques pas à peine, glissent déjà autour du cou, dévoilant chignons et queues-de-cheval, sont des éléments suffisants pour alimenter les critiques, les commentaires et les suppositions, pour provoquer des acclamations animées et des bavardages interminables.

Milena et ses sœurs, tout comme ses frères cadets, sont rigoureusement exclus de la fête.

Une exception a été faite uniquement pour Antonio,

en récompense de son rôle d'accompagnateur et de chauffeur, qu'il a joué avec précision et efficacité.

Le voilà d'ailleurs qui arrive – le freinage trop brusque trahit sa maladresse – au volant de la 600 de son frère, surchargée de jeunes filles dont l'air ravi et désinvolte fait envie.

Elles le laissent refermer la portière et les contempler qui s'approchent du portail grand ouvert, décoré de guirlandes.

Lui s'attarde un peu, comme hébété, sans savoir quoi faire.

Heureusement il n'a pas l'idée de jeter un coup d'œil à la fenêtre du petit salon, d'où Rosanna s'est de toute façon retirée immédiatement, avec une expression épouvantée.

Puis le petit groupe gazouillant des amies se transfère à l'autre bout de la maison, dans le petit salon vert, poste d'observation idéal pour assister au déroulement de la fête, qui se tient principalement dans le jardin, où le buffet a été installé sur la longue table de ciment.

Les longues guirlandes de lampions colorés suspendues dans les arbres sont déjà allumées, bien que le soleil ne soit pas encore couché.

Depuis les enceintes posées sur les marches du perron à l'arrière de la maison, la musique a du mal à se diffuser dans l'espace trop vaste, si bien que personne, jusqu'à présent, ne semble désireux de danser.

Finalement, quelqu'un ose se lancer et les couples commencent à se former.

C'est le moment le plus passionnant pour les jeunes filles, toutes tendues dans leur tentative pour deviner, à partir d'une étreinte qui se resserre, d'un couple qui se regarde dans les yeux au lieu de jeter des coups d'œil alentour, le signe d'une attirance naissante.

Malheureusement l'obscurité tombe vite après les dernières lueurs du crépuscule.

La lumière des lampions colorés est trop faible pour interpréter les gestes et les regards des danseurs qui, d'ailleurs, ont l'air de privilégier les angles les plus obscurs du jardin.

Seul le buffet, éclairé plus brillamment, se distingue encore clairement. Mais il n'y a pas grand-chose à voir, à part le spectacle peu intéressant de ceux qui préfèrent manger et bavarder, plutôt que danser. Même Antonio est là, arrimé à la table, mais il ne parle ni ne mange avec personne, il semble plutôt mal à l'aise, il est visiblement intimidé et il regarde constamment dans la même direction, comme s'il était hypnotisé, avec sa canette de jus d'orange à la main.

À dix heures, il se met soudain à pleuvoir, et la fête doit se poursuivre à l'intérieur, dans la salle à manger au rez-de-chaussée.

Rosanna est déjà partie, elle a même carrément disparu, sans même dire au revoir. Ensuite ça a été au tour de Lidia de rentrer chez elle. Seule Antonella est restée chez Milena où, exceptionnellement, elle passera la nuit, dans sa chambre.

La petite sœur dort déjà depuis un moment dans le grand lit de la mère qui, à cette heure-là, lit ou somnole probablement, plus tranquille que d'habitude, grâce au vacarme de la fête, parce qu'elle aime s'endormir avec du bruit autour, elle dit que ça lui tient compagnie.

Les deux adolescentes ont du mal à s'endormir, moins à cause de la musique et du tapage que de l'atmosphère excitante qui les a mises tout en émoi.

Elles n'arrêtent pas de bavarder, de rire et de se raconter interminablement les épisodes majeurs, comme quand le frère aîné de Milena, ivre mort, est sorti tout nu de sa chambre, et qu'il s'est mis à galoper et hennir à travers les pièces de la maison, tel un cavalier fou.

Voilà l'orage, la pluie bat tellement fort sur le toit et contre les vitres qu'on ne s'entend plus.

Soudain, un éclair aveuglant, juste après un coup de tonnerre tout proche et terrifiant, et le courant saute, plongeant tout le monde dans les ténèbres les plus absolues.

Les deux amies poussent un cri et elles sortent de la chambre en hurlant et en trébuchant.

À l'étage en dessous, voix et bruits de pas surexcités, rires, recherche frénétique de bougies.

Dans le couloir il fait nuit noire, Milena et Antonella descendent précipitamment les marches, sans rien voir, au risque de se rompre le cou.

Et quand la lumière se rallume, sur le palier elles se retrouvent nez à nez avec Antonio et une blondinette diaphane, à l'air à peine plus grande que lui, collés serrés, en train de s'embrasser.

Ça fait des jours que Rosanna n'a pas donné de nouvelles.

Milena est allée deux fois la chercher chez elle.

La première fois personne n'a répondu, alors que

derrière les vitres de la fenêtre au quatrième étage, le rideau a été soulevé, avant qu'on le laisse aussitôt retomber.

La fois d'après, c'est sa mère qui a répondu à l'interphone.

Son *C'est qui ?* était tellement brusque et grossier qu'il sonnait comme un ordre, ou une insulte.

Et de toute façon Rosanna était absente.

Antonella dit qu'elle a été punie.

Elle l'a rencontrée en bas de chez elle, et elle était tellement couverte de bleus que sa peau semblait bronzée.

Antonella raconte aussi qu'elle lui a fait un compte rendu détaillé de la fameuse soirée, et que pourtant, même si les événements qu'elle avait à rapporter étaient incontestablement passionnants, et constellés de coups de théâtre inouïs, Rosanna n'a témoigné absolument aucun intérêt, et encore moins de l'étonnement ; aucune réaction ni émotion, en somme. Pour ne pas lui donner satisfaction, on peut en être sûr.

Et même, durant tout le récit, elle n'a pas cessé de regarder ostensiblement par-dessus l'épaule d'Antonella, avec une expression d'ennui et de désagrément vraiment exaspérante, *mon Dieu, qu'est-ce que je la trouve antipathique parfois !*

Ce qui, au moins, lui a donné, à Antonella, tout le loisir de bien observer les bleus qu'elle avait sur le visage, sur les bras et sur le cou, *une chose impressionnante, cet homme est une vraie brute.*

À la fin, Rosanna s'est contentée de dire, sur un ton parfaitement indifférent :

« Chez moi on n'a pas entendu le tonnerre, à cette heure-là on dormait déjà tous. »

Et puis :

« On se voit bientôt, hein. »

Et elle s'en est allée.

Mais qu'est-ce que ça peut faire à Milena que Rosanna n'ait pas voulu écouter Antonella.

Elle ne doute pas que Rosanna sera bien obligée de l'écouter, elle, parce qu'elle a quelque chose de bien plus important à lui raconter de toute urgence, sur un sujet qui lui tient beaucoup à cœur.

Et, vu qu'il est impossible de la débusquer chez elle, Milena se postera non loin de la porte de son immeuble, il faudra bien qu'un jour ou l'autre elle mette le nez dehors.

Et de fait, après de longues et vaines attentes durant deux après-midi consécutifs, le troisième jour elle finit par sortir.

Toute seule, par chance, et presque remise, c'est incroyable, de ses bleus et contusions – mais il est possible qu'Antonella ait poussé sa description un peu loin.

Elle parle brièvement, Milena, de crainte que Rosanna ne lui échappe, l'empêchant de tout raconter.

Bien sûr qu'elle est allée voir.

Quand elle a compris que Rosanna resterait invisible et inaudible, elle a décidé d'y aller toute seule, c'est-à-dire avec Antonio, qui s'est fait longtemps prier avant d'accepter de l'accompagner.

Durant tout le trajet, elle était terriblement agitée par l'angoisse et la peur : et si elle les avait tous trouvés morts, ou mourants ? Avec la chaleur qui s'était abattue après cet orage terrible, la chatte devait avoir bu beaucoup plus que d'habitude, et les réserves d'eau pouvaient être épuisées depuis des jours, ou évaporées.

Et la nourriture aussi, avec ces températures, avait sûrement dû se gâter, en admettant qu'il y en ait eu assez pour tout ce temps.

Mais en arrivant là-bas, ils avaient trouvé la porte de l'abri grande ouverte, et aucune trace de la chatte ni de ses chatons.

Ça y est, elle l'a dit.

Et maintenant elle attend un conseil de la part de Rosanna, une idée, peut-être une aide concrète pour les recherches, qui doivent nécessairement commencer tout de suite, le plus vite possible.

Au lieu de quoi Rosanna prend tout son temps, tel un acteur chevronné, avant de dire calmement :

« Mon père les a fait tuer. Ils seraient morts de toute façon. Et la chatte, aucune idée, elle a dû s'échapper. Ou alors, plus probable, elle aussi doit être morte. »

La fraîcheur est revenue, on est presque en automne. Une de ces belles journées encore assez longues pour pouvoir rester dehors jusqu'au dîner.

On a découvert récemment que le père de Milena avait une histoire, et même une *liaison*, c'est le mot qu'ils ont employé, en français, pour que les enfants ne comprennent pas.

Mais de toute façon Milena l'avait compris toute seule, elle avait deviné dès le début, au point que quand un soir, après dîner, il avait été question du voyage du père avec ce couple de Russes, mari et femme, elle avait fondu en larmes, à la consternation générale.

Une artiste, cette femme-là, pas vraiment belle, mais pleine de charme, une vraie intellectuelle.

Le contraire de sa mère, qui passe sa vie à relire les mêmes livres, pas parce qu'ils sont beaux (même s'il arrive qu'ils le soient), mais *parce qu'ils sont bons, et lui font du bien à l'âme.*

Ce sont ses mots à elle, et quand elle a bu un verre de trop elle ajoute aussi :

« L'intelligence ! Qu'est-ce que ça peut bien être cette intelligence, dont vous êtes tous tellement fiers ! »

Parce qu'elle se sent différente, elle se sent une étrangère, avec tous ces enfants qui ne lui ressemblent pas, qui sont identiques au père.

Mais enfin, désormais le pire est passé, la *liaison* a été rompue, peut-être au soulagement du père, comment savoir avec les hommes, mais qu'est-ce qu'on peut faire, il faut les accepter comme ils sont.

Et aujourd'hui c'est vraiment une très belle journée sereine, qui égrène lentement ses longues heures de tranquillité et de paix retrouvée.

À huit heures, Milena est en train de dîner à la cuisine, seule avec sa plus petite sœur – dans sa famille, le dîner n'a jamais représenté un rituel, chacun mange à l'horaire qu'il préfère, par petits groupes, comme ça se présente.

Au début Milena n'y fait même pas attention : un bruit tout petit petit, comme un léger frottement contre la porte d'entrée.

Mais tellement insistant que finalement elle est bien obligée de l'entendre, et de fait la domestique, qui est de l'autre côté, dans la penderie, en train de ranger le linge, l'entend aussi.

La voilà qui trottine en pantoufles jusqu'à l'entrée puis ouvre la porte.

« Oh, Sainte Vierge ! » on l'entend s'exclamer, dans un hurlement étouffé.

Juste après, une chose grisâtre file le long du couloir.

Milena et sa petite sœur courent regarder depuis le seuil de la cuisine.

La domestique est encore à la porte d'entrée, la main agrippée à la poignée.

« Je n'y crois pas, dit-elle avec une stupéfaction joyeuse, la chatte est revenue ! »

Investissements

Interlude

Larges baies vitrées.

Sol en marbre brillant.

L'homme qui entre en ce moment dans un couinement de chaussures neuves n'est ni grand ni petit, ni beau ni laid, ni maigre ni gros, ni vieux ni jeune.

C'est pourquoi personne ne se retourne pour le regarder tandis qu'il traverse d'un pas timide le hall d'entrée vaste et imposant.

Il s'approche de l'employé, autre individu singulièrement anonyme.

Même, il n'est pas exclu que l'homme aux chaussures neuves choisisse de s'adresser à lui plutôt qu'aux autres employés – au moins six, dotés d'un froncement de sourcils compétent, en attente des clients – parce qu'il ressent une familiarité, ou peut-être parce que sa personnalité, pour ainsi dire *liquide*, semble pouvoir l'accueillir sans heurt.

Le fait est que l'homme aux chaussures neuves élargit pour l'employé un modeste sourire, un gâchis car l'employé est penché sur un complexe sudoku et il ne lève la tête que lorsque l'autre projette une ombre pénible sur son journal et murmure :

« Je voudrais déposer le scintillement de la mer. »

Un professionnel sait reconnaître la terminologie générale ou imprécise d'une personne inexpérimentée, par conséquent l'employé demande :

« Seulement le déposer ou l'*investir* ? »

« Quels pourraient être les rendements si j'investissais ? »

« Ça dépend du plan d'investissement que vous choisirez. »

« Vous me conseillez quoi ? »

« Quel est votre profil ? » demande insidieusement l'employé.

« Mon profil ? » répète l'homme, légèrement inquiet.

« Oui. Vous êtes disposé à prendre des risques ? » s'informe l'employé, sur un ton pénétrant.

L'homme aux chaussures neuves hésite.

Il explique humblement à l'employé que ses ressources sont plutôt limitées.

Si l'on excepte le scintillement de la mer, dont il est entré en possession ce matin même à l'aube, grâce à un heureux concours de circonstances, il dispose à peine de quelques souvenirs d'enfance, mais il s'agit de fragments incohérents, sans valeur particulière : le son d'un carillon ; la démarche caracolante d'une vieille domestique qui racontait des contes de fées ; un après-midi, à la sortie de l'école, avec la pluie et le vent qui retournait les parapluies.

L'employé se montre compréhensif (le visage mal rasé, vu de près, signale un tempérament bienveillant), il se penche un peu en avant, adoptant une attitude confidentielle, et demande :

« Vous pensez pouvoir engager votre capital pendant une durée assez longue ? Je ne sais pas, cinq ans ? »

« Cinq ans… »

L'employé attend avec une patience admirable le temps nécessaire pour que l'homme parcoure mentalement ces cinq années sans le scintillement de la mer.

« Il faut donner l'occasion au capital de porter ses fruits », argumente-t-il calmement.

Dans les yeux de son interlocuteur passe une lueur d'angoisse.

« Et que se passerait-il si je devais en avoir besoin avant l'échéance du contrat ? » finit par demander l'homme aux chaussures neuves.

« Vous paieriez une pénalité, ça va de soi », répond l'employé avec une certaine condescendance.

« De quel montant ? »

« Cela dépend de l'avance avec laquelle vous débloquerez le capital. Vous pourriez devoir vous acquitter du manque à gagner avec des montants plus ou moins importants : luminosité, lueurs d'or et d'argent, vivacité de l'impression, sensation de fraîcheur, émotions, réminiscences… »

L'homme aux chaussures neuves réfléchit intensément pendant quelques secondes, avant de déclarer avec détermination :

« Je renonce à investir. »

« Vous savez que votre capital se dévaluera fatalement si vous ne le faites pas fructifier, les intérêts pour un simple dépôt sont carrément dérisoires… » insiste l'employé, d'une voix lasse désormais.

« J'ai décidé de ne pas faire de dépôt, l'interrompt l'homme aux chaussures neuves. J'ai besoin de savoir que le scintillement de la mer est là, sur moi », dit-il avec un ton un peu emphatique, en se frappant la poitrine d'une main.

« Comme vous voudrez », répond l'employé en mettant fin à l'entretien.

Puis, se désintéressant de lui, il reporte son regard sur le journal.

L'homme aux chaussures neuves traverse le hall en sens inverse, et il sort.

Sur la place où les voitures s'entrecroisent, il regarde, sans oser s'y asseoir, un banc de pierre ignoré des passants.

…

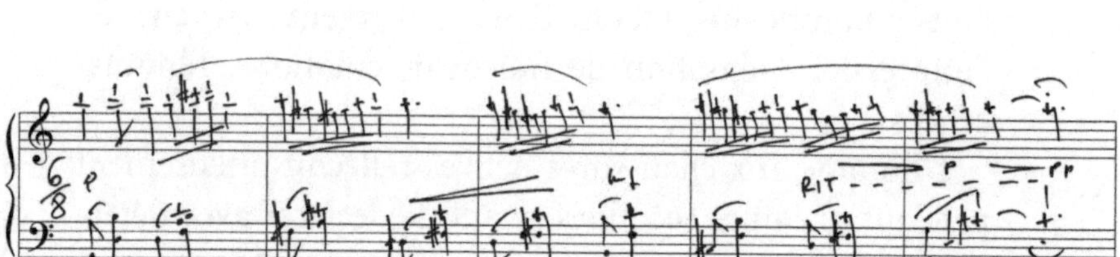

Pandora

À la fin il faudra remercier cet autre après-midi paresseux, plein de cigales et de bruits étouffés de la campagne alentour, aussitôt aspirés par la pénombre des pièces, et les allées et venues dans les escaliers et les couloirs, à ne rien faire d'autre que rester à l'écoute, jusqu'à ce que surgisse ce murmure âpre et excité, presque entièrement submergé par la monotonie frivole du petit transistor, dans la cour brûlante.

Puis la chaise brusquement repoussée, les pas rageurs, le silence – par-delà l'implacable exultation radiophonique –, les sanglots, puis à nouveau le silence.

Marta se précipite pour espionner entre les persiennes entrouvertes, à la fenêtre du cagibi : vue d'en haut, la mère se résume entièrement, si l'on peut dire, à son large chapeau bleu ciel, aplati au bord de sa robe fleurie, coudes et avant-bras immobiles et raidis, et les pieds dans des sandales claires – le gauche qui dessine des cercles sur le gravier.

Le père, en ce moment, réduit à la poussière de cailloux retombant lentement, et puis, au loin, le tremblement feutré d'une porte claquée avec rancœur.

Mais à la scène appartiennent aussi de plein droit une branche du cerisier agitée par une rafale muette, deux tasses contenant un fond de café, et un petit oiseau sautillant de la table au bras du fauteuil en fer forgé.

Quand elle s'éloigne de la fenêtre, Marta a encore les yeux aveuglés par la lumière de la cour, donc c'est un miracle qu'elle réussisse à voir ce petit tas flamboyant de terre rouge, sur le sol, devant la grande armoire en acajou sombre, les portes légèrement ouvertes sur l'obscurité vaste à l'intérieur.

Le bois brillant et strié reflète vaguement sa silhouette qui s'approche, et il en estompe les contours, dans un flou prophétique.

Prévisibles, le grincement des vieux gonds et le parfum lointain de lavande, si bien que l'attention est soudain attirée par le Vase énorme, somptueusement décoré, qui gît à l'envers, avec un roulis désormais imperceptible, étouffé, vraisemblablement, par l'avalanche de linge qui le recouvre.

Jeudi soir une fête a eu lieu.

Jusque tard dans la nuit, on a entendu un brouhaha de voix d'amis et de parents, des chants et des éclats de rire dans l'énorme cuisine aux fenêtres grandes ouvertes ; même la grand-mère s'est couchée tard.

Il faut dire qu'ici, dans la maison adorée des grands-parents maternels (le grand-père, cependant, a été enterré il y a un an au cimetière du village), les draps frais et rugueux, les voix festives amorties par les murs épais, le tintement des assiettes et l'odeur de nourriture, la lumière jaune du couloir qui filtre sous la porte de la chambre, et puis finalement le sommeil, qui la borde comme une vague tiède, sont pour Marta les indices certains d'un bonheur solide. Inépuisable, parce que doté du pouvoir de se régénérer à partir de chaque minuscule fragment, pourvu qu'il soit concret, comme les miettes du goûter ou la boue des flaques dans l'enceinte du poulailler.

Ce qui n'empêche qu'elle se réveille, le vendredi, avec la sensation d'une brèche, encore invisible, qui fait pencher un flanc de la maison inexorablement vers le bas.

Pour commencer, les sons n'ont pas l'écho amical habituel, mais ils s'enfoncent dans un silence indifférent.

Pendant toute la journée (et puis les jours suivants, jusqu'à la Découverte), la maison et la campagne sont enveloppés dans ce silence anormal, percé de rares bruits désarticulés et inertes, comme déliés, au point que Marta doit chaque fois rétablir mentalement le lien avec les événements qui les ont engendrés.

Cette vibration, par exemple, est probablement produite par le verre poli de la porte de la salle de bains, qu'il faut forcer en l'ouvrant pour vaincre le frottement du bois gonflé contre le sol.

Et ce vrombissement, ça doit être le moteur d'un tracteur dans un champ, quelques centaines de mètres au loin.

Et voici, peut-être, les pas décidés du père.

Une fenêtre claque.

Un coq. Un autre coq.

Quand Marta descend en faisant claquer ses tennis, où elle s'est contentée de glisser à la hâte la pointe de ses pieds nus, à la cuisine elle trouve les restes du festin, et un désordre consterné et immobile, qu'a laissé non une légèreté désinvolte, mais un sinistre abandon.

Et, par-dessus tout, sa cousine Agata, sa cousine qui est devenue une femme de vingt ans qu'elle admire – même, pendant un moment, elle s'égare dans la contemplation des reflets dorés de ses cheveux, tellement plus longs qu'il y a un an –, Agata, dont les yeux sourient perpétuellement d'un triomphe joyeux, aujourd'hui a un air négligé, et même honteux.

Elle se laisse tomber sur une chaise, elle lui lance à peine un coup d'œil – suppliant ou impérieux, impossible à dire, tellement il est rapide – et elle regarde aussitôt quelque chose d'autre, rien peut-être, au-dessus de la tête de Marta, sans aucune expression cette fois, sinon un air fatigué de défi, comme pour dire, *tu peux bien me regarder, qu'est-ce que ça peut me faire.*

À midi, la grand-mère lui sert, yeux baissés, une triste soupe de légumes coupés grossièrement, à la hâte.

Sur la table en bois, qu'assaille une lumière brutale, apparaissent des blessures sinistres.

Après le déjeuner, des nuages blancs changent lentement de forme. Marta donne des coups dans la terre jaunâtre, puis, assise sur les marches en pierre, elle s'absorbe dans la contemplation de ses chaussures couvertes de poussière.

Des chats somnolant sur le toit de la voiture du père – mais ils s'échappent à toute vitesse, quand il ouvre et referme la portière, allume le contact et s'en va, sans même la saluer.

Alors Marta va et vient dans le couloir, ralentissant devant la chambre de sa mère (*allongée sur le lit, à cette heure-là ?*), dans l'espoir qu'elle l'appelle, *Va me chercher un verre d'eau s'il te plaît mon trésor, j'ai un peu mal à la tête.* Et qu'elle lui montre autre chose que ce dos têtu et ronchon, entrevu par la porte entrebâillée, qui a l'air de vouloir la repousser.

Vers cinq heures, elle commence à ressentir une forte douleur dans l'abdomen, qui en quelques minutes se transforme en malaise violent.

Elle vomit, toute seule, à l'arrière de la maison.

Elle est encore agitée de haut-le-cœur, quand Agata passe près d'elle presque en courant, puis revient en arrière, la fixe, de nouveau avec une expression indéchiffrable, qui pourrait être de la pitié, mais aussi de l'indignation ; de toute façon elle est en train de vomir, et après c'est trop tard, parce qu'Agata est partie, va savoir où, elle avait peut-être carrément une valise.

Le soir, heureusement, la télévision au salon rétablit au moins en partie les connexions qui semblaient avoir sauté, telle une colle efficace.

La grand-mère est assise derrière elle, mais quand Marta se retourne pour la regarder, son regard est opaque, et son sourire distrait.

Elle passe une nuit d'obscurité compacte, sans lune ni grillons, l'air est épais et suffocant. Marta se cloître dans un sommeil lourd.

Mais les hurlements (elle les avait prévus, en rêve) la réveillent vers quatre heures du matin, on entend surtout la voix de la mère, avec des aigus fragiles qui font de la peine.

La voix du père est une basse continue, presque sans oscillations.

Puis un remue-ménage, et à nouveau la voix de la mère, brisée par les sanglots :

« Avec une gamine ! Avec ta nièce ! Quelle horreur ! » Juste après, le bruit fort d'un gros objet lancé avec fureur.

Marta s'élance par la porte, mais aussitôt la grand-mère se précipite sur elle en courant et elle la repousse à l'intérieur.

« Tout doux, tout doux », lui dit-elle.

Mais Marta voit bien qu'elle est épouvantée, et elle se met à pleurer.

Le jour d'après est délavé, épuisé, on mange tous ensemble, la mère, le père, la grand-mère et Marta, avec une grande économie de gestes et de phrases.

Les mouches ont envahi la cuisine, comme si elles savaient qu'elles n'ont rien à craindre.

Vers la fin du repas, le facteur qui surgit sur le seuil, avec son visage franc, ses reparties simples et sonores, est, pendant un instant, le tueur prédestiné des dragons, grâce auquel le maléfice prendra fin.

Au contraire il s'ensuit des journées assez égales, c'est comme reprendre progressivement possession d'un espace après un tremblement de terre.

Prudemment, au début, puis avec une certaine détermination bornée. Aujourd'hui les lits, demain deux chaises, un fauteuil, la table.

Pas exactement à la place qu'ils devraient avoir, pas à leur place d'avant, mais en somme il est possible aussi de vivre comme ça.

Mais Marta a sept ans, un passé bref et un long futur, sur lequel le présent a cessé de projeter sa lumière claire et séduisante.

L'été dernier.

Un après-midi le grand-père, déjà très malade, est en train de se reposer dans le bureau – ils l'appellent comme ça alors qu'il n'y a pas de livres et même pas de table, juste un fauteuil en velours à fines côtes, un repose-pieds du même velours, et de lourds rideaux verts aux fenêtres.

Dans la cuisine la grand-mère prend le café accompagné de petits-fours avec quelques amies. Il y a aussi maman.

On parle à voix basse, les autres alentour se concentrent dans l'écoute, le regard avide.

Marta s'imagine immergée dans un dessin d'après nature : derrière la fenêtre un eucalyptus grisâtre – les feuilles fouettent l'air à l'unisson avec un son de castagnettes – et, à l'ombre de l'eucalyptus, un chien jaune et pelé.

Mais les paroles parviennent jusqu'à son oreille. Pas entièrement claires, certes, parfois seulement des fragments de phrases :

« … pas moi personnellement… en primaire avec ma tante… fièvre très élevée, délire, le mari disparu… courage, ils lui disent… et puis un jour la Beppa, qui allait là-bas donner un coup de main… »

« La Beppa ? »

« Oui, grosse, grande… trois filles… pour les anniversaires des filles elle faisait de ces gâteaux, jusqu'à six ou sept étages… »

« Ah, oui ! Je me souviens… »

« … en refaisant le lit, la Beppa, entre le sommier et le matelas, trouve une espèce de rouleau avec dedans des plumes, des cheveux… la mère avait travaillé au Brésil je crois, ou en Argentine, et elle lui avait raconté… Elle comprend tout de suite, un sort mortel… »

« Mon Dieu ! »

« … elle se précipite chez un paysan analphabète, un sorcier, d'après ce qu'on racontait, très doué, surtout contre le mauvais œil… au bout d'une semaine elle était guérie, mais totalement guérie, les médecins n'y croyaient pas… »

En revanche, sous le matelas du grand-père on ne trouve rien de suspect, et le grand-père meurt, donnant raison presque à cent pour cent aux pronostics du jeune docteur, grand, maigre, avec des moustaches futiles qui ont l'air fausses.

Ce qui n'empêche que pendant des semaines, Marta continue à inspecter chaque pièce de la maison, toujours tête baissée, comme un chien de chasse.

Elle regarde sous les meubles, entre les coussins du canapé, elle fouille dans les placards, elle cherche dans les tiroirs.

Puis arrive l'anniversaire de la mère, avec des amis et des cadeaux, et, par un après-midi rouge feu, la vie, dans une violente secousse, se débarrasse de la mort, qui recule docilement à l'intérieur de ses propres frontières : deux photos encadrées, une paire de pantoufles qui la feraient presque sursauter, et les dimanches décolorés, toute la famille convenablement impatiente de jeter les fleurs sèches et de disposer des fleurs fraîches sur le marbre de la tombe.

Fin de l'été. Voici l'école avec l'odeur des livres neufs et les hiérarchies cruelles, mais Marta aime infiniment les histoires, elle est avide de récits, et là, quand on réussit à les libérer du piège pénible des nombres, des lieux et des auteurs, il y en a une infinité, regorgeant de personnages fabuleux et de destins mirobolants.

Et donc, aujourd'hui, elle n'a pas de doutes, parce qu'elle reconnaît le Vase.

Récapitulons : réveil éteint et dissonant, la maison qui ressemble à un bateau qui coule, laisser-aller incompréhensible de la cuisine abandonnée, Agata mystérieuse, la mère indignée sur le lit, Agata avec une valise, des hurlements dans la nuit, la grand-mère ahurie et muette, le déjeuner préparé à toute vitesse, des paroles excitées dans la cour caniculaire.

Ce sont tous des signaux qu'il faut savoir décrypter.

Il faut être attentif, il faut être tenace.

Finalement elle sait.

Le Vase.

Il faut donc, simplement, le descendre précautionneusement (*que se passerait-il, s'il se cassait ?*), recueillir la terre patiemment, méticuleusement, pour qu'il n'en reste pas sur le sol ni sur l'étagère de l'armoire, pas même un grain minuscule, pas même un atome, et la remettre à sa place, dans le Vase.

Et puis, naturellement, reposer le Vase dans un endroit plus sûr, où il ne soit pas menacé par des piles de linge ou exposé à des gestes imprudents.

Et voilà.

Derrière la porte du cagibi le bonheur piaffe d'impatience, et il prépare de longs jours d'oisiveté et d'attente paisible.

Vanité

Interlude pour voix féminine

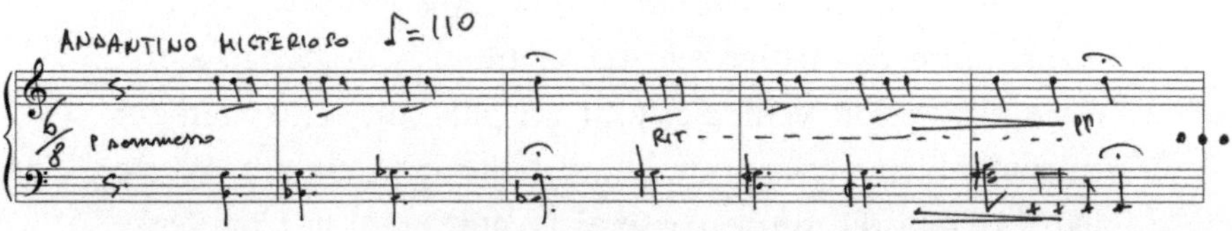

Dans mon souvenir, la scène a la parfaite immobilité d'une photographie.

Moi, assise sur le canapé, je regarde par en dessous l'imposante dame qui, debout devant moi, me fixe également, tandis qu'à peine plus loin, en position équidistante, notre ami commun nous observe toutes les deux.

Moi je suis une gamine ignorante, même si je ne suis pas dépourvue de sensibilité, je fais indignement partie du corps de ballet d'une compagnie de danse contemporaine.

La dame est une célèbre et extrêmement talentueuse Chanteuse lyrique, et l'ami est un jeune et prometteur Chef d'orchestre.

Nous nous trouvons à Milan, dans un bel appartement où réside la Chanteuse.

Le salon (nous sommes dans la zone conviviale de la maison) est décoré sobrement, avec une pointe de désinvolte originalité qui rend le lieu sincèrement accueillant, et suscite un sentiment de gratitude qui tempère l'attitude de calme respectueux que le visiteur a pu initialement se sentir contraint d'adopter.

La Chanteuse porte un long caftan à motifs, dans des tons chaleureux et clairs.

Nos regards racontent : que moi, je n'ai aucune idée de l'identité de la dame debout devant moi, je sais vaguement qu'en guise de métier elle est chanteuse, et rien d'autre. Mon expression véhicule, tout au plus, un remerciement souriant bien élevé pour l'hospitalité qui m'a été offerte dans sa maison, où je passerai la nuit ; que la Chanteuse encaisse mon sourire comme un affront, d'autant plus insultant qu'il est inconscient et involontaire ; que le Chef d'orchestre n'a pas l'intention d'intervenir pour désamorcer la tension qui se crée, trop curieux de voir où cela va mener.

Ma mémoire n'a retenu aucun échange, mais je peux faire l'hypothèse d'un dialogue au ton fortuit et anodin, auquel aucun des interlocuteurs ne prête attention.

Nous sommes en effet tous les trois cramponnés à une tentative pour comprendre la signification de la scène, que les mots tentent de masquer.

Sous l'apparence statique de la situation que j'ai définie comme « immobile », s'agitent, en réalité, de nombreuses sensations et des pensées non négligeables, qui déclenchent d'imperceptibles mutations.

Je commence à comprendre qu'il y a quelque chose de très significatif que je devrais savoir au sujet de la

Chanteuse, et que mon ignorance coupable ne pourra être rachetée, même au prix du plus humble acte de soumission.

La Chanteuse s'enfonce dans un labyrinthe de sarcastiques suppositions et de verdicts enragés à mon encontre, dont le but consiste à minimiser les effets du brutal impact provoqué par la collision imprévue entre le caractère tangible de sa valeur reconnue et ma creuse et intolérable (d'autant plus intolérable qu'elle est courtoise) indifférence.

Elle imagine, par exemple, que je connais parfaitement sa célébrité et que j'admire son talent, mais que je refuse de le lui montrer, par méchanceté puérile ou arrogance. Ou bien, que la consternante absence de culture de ma jeunesse apathique est authentique, et s'explique par mon manque absolu de curiosité, qui me condamne à un destin totalement insignifiant.

Le Chef d'orchestre suspend son jugement, avec la prudence du prédateur.

La circonstance singulière produit sur la scène un intéressant effet prismatique, révélant les éléments qui en composent la structure.

J'apprends ainsi que la valeur conduit à la conscience qu'on a de ses propres mérites, laquelle conscience en réclame la reconnaissance.

Que, en l'absence d'une telle reconnaissance, la conscience qu'on a de ses propres mérites vacille, et la valeur scrute avec épouvante l'obscurité du miroir qui ne reflète pas son image.

Sœurs

… Et maintenant, je vous le dis, même en admettant que le chauffeur de taxi, un homme approchant les soixante-dix ans, romain, à l'évidence informé et compétent (il ne fut nécessaire de lui communiquer aucune adresse précise, il connaissait à la perfection tous les lieux auxquels ils se firent conduire : un café via Veneto, un square à l'EUR, une fontaine – pas la fontaine de Trevi, une autre, moins connue, que le passager appela par son nom – et à la fin le théâtre), même en admettant, donc, que le chauffeur de taxi, durant ce circuit interminable de la mémoire, ne les ait pas reconnus, cela n'expliquerait pas pourquoi, quand ensuite, à l'arrivée, il n'a pas réussi à obtenir le paiement de la course, et a reçu au contraire en réponse un ricanement étouffé, avec nom et prénom de ses clients, et s'est tourné pour les regarder avec des yeux exorbités, alors, par la force des choses, qu'il les ait crus ou qu'il les ait pris pour des fous, il est incompréhensible qu'à ce stade il n'ait pas appelé la police ou l'ambulance, ou qu'il n'ait pas craqué, ou bien qu'il n'ait pas pris la fuite, en poussant des hurlements de terreur.

Tout le récit, indépendamment de sa consubstantielle invraisemblance, est jonché d'incohérences.

Par-dessus tout, sur quels témoignages devrait-il se fonder ?

En ce qui concerne ce qui serait arrivé au fond du théâtre, comme nous le verrons par la suite, nous disposons uniquement du témoignage de Delia.

Delia.

Il y a deux ans tout au plus, un soir, décembre, froid mordant, j'ai dû la faire descendre de force de la voiture pour éviter de la frapper, je jure que j'allais perdre la tête.

Elle continuait à soutenir, avec sur le visage cette expression exaltée qui me rend folle – et que notre mère trouvait tellement touchante –, elle voulait que je croie qu'une nuit son ange gardien s'était matérialisé à l'improviste, en prenant l'apparence d'une petite vieille voûtée et tout emmitouflée qui, débarquée de nulle part, brandissant une clé, lui avait ouvert un gros portail en fer grinçant qui donnait sur une cour labyrinthique, lui permettant d'échapper, une seconde avant qu'il ne soit trop tard, à l'agression d'une bande de violeurs.

Delia.

Peut-être que toi non plus tu n'as pas oublié que quand elle était petite elle passait son temps agenouillée dans le jardin, convaincue que, tôt ou tard, elle assisterait à l'apparition de la Sainte Vierge !

Donc, cette même Delia jure et parjure qu'elle a vu et entendu tout ce qui s'est passé au fond du théâtre, dissimulée derrière un rideau rouge – rideau, je te prie de le noter, absent des photos de l'époque.

À la croire, notre père est arrivé seulement dans un second temps.

Quand ils sont entrés, accompagnés d'un troisième personnage – l'employé de la billetterie –, Delia était seule, et elle était montée sur scène pour fureter en coulisses.

Tu remarqueras, parmi les autres innombrables absurdités de cette reconstruction, à quel point la situation que Delia met en scène, pour en faire les prémices de son récit incohérent, laisse à penser que notre père a accompli ce soir-là un acte absolument contraire aux principes sur lesquels son comportement n'a cessé de se fonder.

Selon toi, est-il concevable qu'un homme comme lui, tellement rigoureux et sérieux, tellement passionné par son travail, ce soir-là justement se soit éloigné pour des motifs inconnus, confiant le soin de surveiller l'entrée des artistes à une gamine de quinze ans ?

Tu te souviens que dans le public il y avait le président de la République de l'époque, deux ministres, des journalistes des plus grands journaux européens et des dizaines de personnalités du monde du spectacle et des sports !

Il est vraiment dommage que notre père ne soit plus là pour défendre sa réputation.

Mais si nous acceptons de croire sur parole le témoignage de Delia, et admettons qu'un serment solennel ait scellé jusqu'à la fin de ses jours les lèvres de notre père, nous devons quand même considérer que la reconstruction de cet événement prodigieux, dans ses différentes phases, implique au moins un autre témoignage indispensable : celui du chauffeur de taxi, le Romain de soixante-dix ans dont nous questionnions au début l'extravagant comportement.

Ses traces à lui, cela n'étonnera personne, ont providentiellement disparu.

En ce qui concerne la première partie du récit, nous ne disposons donc que d'un témoignage de seconde ou troisième main – selon le nombre de détours dont nous choisissons de faire l'hypothèse, en l'absence d'une quelconque clarification apportée par Delia à ce sujet.

Témoignage rapporté par le chauffeur de taxi à Delia (comment ? quand ? pourquoi ?), ou par le chauffeur de taxi à notre père et de notre père à Delia ?

Ou par le chauffeur de taxi à l'employé de la billetterie durant le bref trajet entre la billetterie et l'entrée du théâtre, dans un compte rendu animé, ce qui exclurait la possibilité de fournir tous les détails dont Delia, elle, l'a assorti ?

Et puis encore par l'employé à Delia (comment ? quand ? pourquoi ?) ou à notre père et par lui à Delia ?

En somme *qui* a bien pu rapporter *à qui* toutes les circonstances de la traversée de Rome, jusqu'à l'arrivée devant l'entrée principale du théâtre ?

Qui a bien pu raconter, par exemple, l'apparition soudaine des deux passagers devant la gare d'Ostiense, sans bagages, surexcités et joyeux comme des gamins en excursion ?

Et le fait que lui, en particulier, ait été en état de grande excitation, euphorique, au point qu'elle a dû tenter à plusieurs reprises de le calmer, et que ce n'est qu'à grand-peine qu'elle a réussi à l'empêcher d'entrer dans ce café de la via Veneto, pour saluer un vieux serveur *et lui tirer les oreilles comme il se doit* ?

« Ha ha ha, tu l'imagines ? Dix ans ! Pense à la tête qu'il va faire ! »

« Mais non, ce n'est pas le moment, pas maintenant, plus tard peut-être, on va être en retard. »

« Oui, c'est vrai, tu as raison, d'accord, d'accord, mais c'est dommage, ça m'aurait plu. C'est bon. »

Qui a raconté (quand, à qui ?) que lui continuait à demander au taxi de s'arrêter de-ci de-là, en donnant des ordres suivis de contrordres, tout en disant à sa femme *tu te souviens de ça ? et de ça ?*

Et elle, à un certain moment, s'était carrément mise à pleurer, parce que lui ne l'écoutait pas et les gens commençaient à trouver bizarre de voir cet homme immense en chapeau et écharpe rouge flottante (soirée venteuse, ce 31 octobre) descendre de la voiture encore en marche et gesticuler en désignant, avec de grands gestes enthousiastes, un kiosque, un monument, ou un bar.

Et alors lui, l'entendant pousser des sanglots un peu désaccordés et rauques, s'était précipité pour la consoler, l'appelant *ma petite chatte, mon trésor, je t'en prie, ne pleure pas comme ça, regarde, je fais ce que tu me dis.*

Jusqu'à ce que finalement le taxi s'arrête devant l'entrée principale.

Ils n'ont pas d'argent, rien du tout, pas un sou en poche. Mais ils peuvent décliner (petits rires complices) leur identité.

Le chauffeur de taxi se retourne : sidération, peur, indignation, rage, raillerie, et ainsi de suite.

Entre-temps le public est déjà entré.

Le théâtre est bondé, une caméra s'attarde sur une célébrité en smoking pour lui arracher un souvenir personnel, tandis que le haut-parleur diffuse un message du genre *le spectacle va commencer, les spectateurs sont priés de rejoindre leur place.*

Elle réussit à grand-peine à le retenir, à le convaincre que ce n'est vraiment pas une bonne idée de se montrer au foyer, où il serait aussitôt reconnu, ce qui gâcherait tout l'effet.

Donc c'est le chauffeur de taxi qui sort de la voiture (en courant ou à contrecœur, épouvanté ou énervé), pour aller parler avec l'employé de la billetterie.

L'employé regarde le chauffeur de taxi de la tête aux pieds, en écoutant son récit avec un sourire idiot gelé sur ses lèvres, puis il sort du théâtre pour le suivre.

Là il s'arrête d'un coup, comme pétrifié, tandis qu'eux émergent du coin d'ombre où ils s'étaient blottis.

Grave lacune dans la narration : où finit le chauffeur de taxi ?

Est-ce qu'il part en jetant des imprécations, après avoir constaté que l'employé non plus n'a pas l'intention de payer le montant inscrit au compteur ?

Est-ce qu'il s'évanouit d'émotion ? Porte plainte au commissariat ? Tente le chantage ? Participe, à un titre quelconque, à la suite des événements ?

Mystère.

Après un saut chronologique déconcertant, nous voilà revenus au fond du théâtre.

À cet instant Delia se trouve sur scène, en coulisses, d'où elle espionne la cérémonie qui vient de commencer – le père est encore inexplicablement absent –, quand soudain il lui semble entendre un chuchotement excité (je te fais remarquer qu'ils sont en train de projeter un montage d'images sur un accompagnement musical vigoureux de Nino Rota, et que, pour voir la scène, il faut s'éloigner du présumé rideau qui la sépare de la petite entrée d'au moins deux ou trois mètres).

Delia tend à peine la tête et les voit parler à voix basse avec l'employé, qui disparaît presque aussitôt, en balbutiant une phrase censée être rassurante, *attendez deux minutes, je vais chercher le responsable de la soirée*, ou quelque chose dans le genre.

Heureusement, l'employé est trop perturbé pour remarquer l'absence de notre père, ou la présence de sa fille, à moitié dissimulée par le rideau.

D'autre part, un curieux court-circuit mental empêche Delia de reconnaître immédiatement les deux personnages qu'elle vient de voir, de biais, sur l'écran gigantesque.

Puis, soudain, un éclair, l'incrédulité, l'émotion, un cri retenu, sans aucun son, et la décision de demeurer cachée derrière le même rideau.

Même, elle réussit carrément à repérer un accroc bienvenu dans le tissu, à travers lequel elle peut observer, sans être vue, tout ce qui se produit, sans perdre le moindre geste ni le moindre mot.

Et que voit-elle ? Pour commencer, agitation extrême, allégresse puérile.

Lui enlève son chapeau, passe une main sur le bord blanchi (soirée neigeuse, ce 31 octobre), en recueillant entre les doigts une poignée de neige fondue.

Et voilà qu'il pourchasse sa femme, tourne tourne, comme un gamin qui fait la ronde, et puis des cris et des rires, *non, non, oh non !*

Jusqu'à ce qu'il réussisse à enfiler un poing, ruisselant de neige fondue, derrière le col de la robe bleu foncé de sa femme – *un petit col en piqué de coton blanc à pois rouges, je le vois encore.*

Elle émet un petit cri, très aigu et bref, et les revoilà qui éclatent de rire, aussi complices que deux enfants, un rire aphone et tremblotant dont ils manquent de s'étouffer.

Il s'ensuit un instant de calme pensif, tous les deux debout, adossés au mur, lui les mains derrière le dos, agrippées au chapeau, tête baissée, elle bien sage et soucieuse, qui le regarde à la dérobée.

Puis il recommence à s'agiter, frémit d'impatience, regarde l'horloge au mur dont l'aiguille noire la plus longue avance en caracolant de minute en minute (vingt et une heures trois, faible saut vacillant, vingt et une heures quatre), il fait un pas en avant, puis en arrière, lance son chapeau sur le bureau, s'avance sur le seuil, scrute l'obscurité.

« Calme-toi, ne prends pas froid. »

« Ce n'est pas possible, ils devraient venir nous chercher, tu ne crois pas ? Pourquoi est-ce qu'ils nous font attendre ? »

Il a envie de monter sur scène.

« Non, non, qu'est-ce que tu fais ? Tu vas voir qu'ils vont arriver ! »

Il la supplie, avec une voix de fausset :

« Je reste en *coulisse**, je me cache très très bien. »

« Mais non, reste ici, on doit attendre, on a promis. »

Lui imagine, s'exalte.

« *Un coup de théâtre** ! À condition que le tempo soit parfait ; une seconde trop tôt, une seconde trop tard, et l'effet est gâché. *Maintenant*, maintenant que ce vieux monsieur, il l'esquisse dans l'air, avec sa silhouette voûtée, sa mâchoire tombante, la toux, le râle d'asthmatique, ce vieux à moitié gâteux, au deuxième rang du troisième niveau de loges, est en train de penser *que d'occasions perdues, je ne lui ai jamais adressé la parole, j'aurais dû prendre l'initiative, c'était un homme facile d'accès, même si c'était un génie, et alors je pourrais me vanter de quelque chose, je pourrais raconter à mon voisin, à mon petit-fils qui me voit comme une nullité absolue, je lui dirais on se connaissait tu sais, ou carrément, en forçant un peu le trait, on était amis, il me disait toujours... ça aurait été tellement simple, on fréquentait le même restaurant...* à ce propos, Giulietta, ma chérie, on devrait faire un saut après au Bolognese, si on ne sort pas trop tard, rappelle-le moi... *Maintenant*, le voilà, le moment parfait, avant que les discours tuent l'émotion ! »

« Mais c'est faux, pourquoi, qu'est-ce que tu racontes ? On a promis, ils vont arriver, il faut les comprendre, ils doivent être en train de réfléchir à l'organisation, de préparer une annonce, c'est un événement totalement imprévu... »

« Chut. Laisse-moi écouter. »

Applaudissements chaleureux, interminables.

Puis la voix de l'organisateur de la soirée, qui parvient, étouffée, dans le vestibule.

« C'est qui ? »

« Je ne sais pas. Un acteur, peut-être. Il a l'air jeune. »

« On n'entend rien, laisse-moi monter. »

« Non, non, je t'en prie... »

D'un bond il franchit les deux marches (Delia est à quelques centimètres de lui, de l'autre côté du rideau, elle retient son souffle), elle tente de l'arrêter.

« Mais non, ne t'inquiète pas, mon trésor, je ne suis pas en train d'aller sur scène. »

Il tripote les boutons du retour son, monte le volume, et finalement la voix du présentateur lui parvient clairement et sûrement.

« Nous célébrons ce soir un grand artiste, connu et aimé dans le monde entier. Il y a dix ans… »

Lui n'en perd pas une syllabe, il écoute en faisant des grimaces, il mime des commentaires moqueurs, mais on voit bien qu'il est content, ses yeux brillent.

À ce stade, des voix, des pas, un grand chahut, et finalement l'irruption de quatre personnages : l'employé de la billetterie, légèrement rassuré, le metteur en scène de la cérémonie, l'administrateur du théâtre et, finalement réapparu, notre père.

Observe, je te prie, un instant, ce qui est en train de se produire.

Les quatre hommes s'arrêtent sur le seuil.

L'administrateur porte les mains à sa tête, comme pris de malaise.

Le metteur en scène, en proie à un rire hystérique, murmure quelque chose en anglais, du genre, *I can't believe it…*

L'employé se tient prudemment à l'écart, prêt à courir demander de l'aide, au cas où ce serait nécessaire.

Notre père est secoué par un tremblement qu'il ne parvient pas à contrôler, et même, le choc est si fort que durant les deux heures qui suivent il oubliera complètement qu'il a laissé sa fille adolescente monter la garde à l'entrée et que désormais elle a disparu on ne sait où.

Bien.

Observe le couple avancer vers eux, lui bras tendus comme pour une embrassade qui demeurera suspendue, elle avec un sourire rassurant qui les regarde par en dessous.

Pendant ce temps, sur scène, la cérémonie continue, avec le défilé des connaissances, les amis vrais ou présumés, plus ou moins authentiquement émus.

Tu y es ? Maintenant dis-moi, qui sont les témoins ?

Juste ça, ensuite je laisserai le récit se dérouler et, entraîné par le courant qu'il a engendré, se fracasser naturellement contre les écueils de ses propres contradictions.

Moi, je me contenterai de regarder, comme du haut d'un pont.

Mais permets-moi d'attirer une dernière fois ton attention sur l'expédient grossier que Delia a imaginé pour interdire toute vérification ou mise à l'épreuve.

Qui sont, disais-je, nos témoins pour cette partie du récit ?

Un employé de la billetterie, dont on ne connaît pas le nom, et qui a lâché son emploi plus ou moins à cette période, en déménageant à Pavie ; le metteur en scène de la cérémonie, un Hollandais en vogue à l'époque, qui, il y a quelques années, après une profonde crise spirituelle et à travers de tortueux périples mystiques, a rejoint le bouddhisme tantrique et a volontairement rompu tout lien avec la culture occidentale, organisant sa propre disparition ; l'administrateur du théâtre, affecté, le pauvre homme, de démence sénile ; et enfin notre père, lequel, comme on l'a dit, tint indéfectiblement sa promesse et emporta le secret de cet événement dans sa tombe.

Bien.

Nos quatre personnages sont là, face à l'Inouï, et nous, nous attendons que, abandonnant enfin leurs postures conventionnelles, bouleversés, palpitants et infiniment reconnaissants, ils s'élancent sur scène, interrompent la cérémonie, perturbent le programme, et qu'ils annoncent, la voix brisée par l'émotion, qu'il s'est produit un événement prodigieux.

« *Mesdames et messieurs, je ne vous demande pas de me croire, mais simplement d'accueillir avec vos applaudissements les plus chaleureux l'impensable présence...* »

Mais non, rien de tout ça.

Au contraire, selon ce qu'affirme Delia, à un premier instant d'étonnement canonique aurait immédiatement succédé un échange d'opinions plus que tranquille, et tellement absurdement prosaïque qu'il jurait, par contraste, de manière intolérable – c'est le moins que l'on puisse dire – avec le caractère exceptionnel de la situation.

Aucun sentiment d'urgence, aucune réaction impulsive, aucune consternation, aucune pressante curiosité.

Mais au lieu de ça, rends-toi compte, une sorte de calme débat.

Et à propos de quoi ? Du sens de la vie et de la mort ? De la persistance de la gloire et du regret ?

Mais absolument rien de tout ça.

L'argument est tellement incohérent et mesquin que j'ai presque honte de le rapporter.

On discute des modalités selon lesquelles nos deux héros, réapparus d'une manière tellement prodigieuse, devront se montrer au public du théâtre et s'offrir à la résonance médiatique.

Lui préférerait une entrée sans solennité, *un peu sournoise*, suggère-t-il en pouffant, d'une petite voix suave.

« Tous les regards sont tournés vers la scène, il s'est écoulé – rapide coup d'œil à l'horloge murale – environ une demi-heure depuis le début de la cérémonie, et certains spectateurs commencent à s'ennuyer. En silence, ou dans un murmure imperceptible, Giulietta et moi entrons, sur la pointe des pieds, l'air de nous excuser pour le retard, en contrôlant çà et là les numéros des fauteuils – elle fait *oui* de la tête, l'encourage, surexcitée –, nous obligeons quatre ou cinq spectateurs à se lever, nous soulevons, pour ainsi dire, un petit halo de mauvaise humeur bien élevée, en écrasant une chaussure en cuir verni, une sandale en strass, en provoquant la chute d'un objet, sacs, chapeaux. *Vous permettez... ? Excusez-moi...* Désapprobation, dérangement, protestations marmonnées. Quelqu'un nous lance un regard sévère, un monsieur particulièrement physionomiste nous jette un coup d'œil, y repense, se tourne pour nous regarder, plisse les yeux dans la pénombre... *Mais lui... ? Mais elle... ? Mais non, quelle idée absurde, avec ces lunettes je ne vois plus rien, il faut que je passe chez l'ophtalmo cette semaine...* Finalement nous nous asseyons, et au bout de quelques minutes... »

« Où ça, pardon ? »

« Comment ça, où ? Ah bon, oui... je ne sais pas, ni trop devant, ni trop derrière, ça n'a pas grande importance. Au quatrième ou cinquième rang, je dirais, parmi les stars de la télévision. Au bout de quelques minutes, disais-je, voilà que s'allume un œil-de-bœuf. Le cercle de lumière bleutée balaie la salle, comme à la recherche de quelqu'un, et en vient à s'arrêter sur nous. Silence, le public retient son souffle. *Est-ce que c'est possible ?...* Lentement nous nous levons. Nous voilà debout. Musique, *Le cheik blanc*, par exemple, et finalement... »

« Pardonnez-moi, Maestro, mais *où* vous asseyez-vous ? La salle est pleine. »

« L'idée est bonne, intervient le metteur en scène, nous demanderons à quelqu'un de se lever. »

Sur un signe de l'administrateur, l'employé file récupérer le plan de la salle, avec les noms des invités.

La vaste feuille de papier est étalée sur le sol.

Vingt et une heures trente-quatre, trente-cinq même.

L'hypothèse consistant à libérer deux places dans l'un des quatre premiers rangs est aussitôt écartée, c'est là que sont assises les autorités : président et épouse, ministres, maire.

« Absolument impossible, ce serait irrespectueux. »

« Cinquième rang, au milieu ? Le directeur de la troisième chaîne, on pourrait lui expliquer... »

« Non, ce n'est pas une bonne idée, déjà qu'il est assis un rang derrière les autres, si on le déloge ça va être la fin du monde... »

Vingt et une heure trente-neuf, vingt et une heure quarante.

« On s'en fiche ! hurle-t-il soudain. Entrée théâtrale du fond de la salle ! Ça revient au même. Tout le monde à sa place. Musique en sourdine, lent crescendo, l'œil-de-bœuf s'allume sur le rideau en velours cramoisi qui s'ouvre lentement... »

« Mais tout ça ne résout pas le problème, Maestro, il faudra de toute façon qu'on vous trouve une place pour vous asseoir pendant la projection. »

« Quelle projection ? »

« C'est un film produit par la Rai, que nous présentons en avant-première, le réalisateur est dans la salle… »

Vingt et une heure quarante-neuf, dix heures moins dix.

« Peut-être, suggère-t-elle, avec sa petite voix un peu fausse, qu'en tant qu'animateurs du show, on pourrait entrer directement sur scène, par les coulisses… »

« Mon Dieu ! hurle-t-il (un pompier surgit brièvement du supposé rideau). Qu'est-ce que je ferais sans elle ?! Mais bien sûr ! Les projecteurs diminuent peu à peu, jusqu'à l'extinction totale. Un instant de noir, tandis que dans le lent fondu sonore, un roulement de tambours – vous avez un percussionniste ici au théâtre ?… Pas de tambours, ça m'est égal, une musique du répertoire, Rota, Piovani, ce que vous avez, pourvu que ça crée un certain suspense. Le noir, disais-je, un frisson d'émotion parcourt le plateau, se propageant des loges jusqu'au poulailler. Au troisième rang, une dame embijoutée se serre, tremblante, contre son mari, et voilà que, dans un suggestif rayon lunaire… »

« Je vous prie d'excuser mon interruption. » Le metteur en scène extrait de la poche de sa veste un minuscule papier minutieusement plié. « Dans ce cas nous devons modifier le déroulement de la soirée, supprimer des interventions, sinon nous ne rentrerons plus dans les temps du direct de la télévision. »

Le metteur en scène chausse ses lunettes et consulte pensivement la feuille.

Dix heures, dix heures sept. L'administrateur se tourne vers l'employé :

« Vous serez aimable d'apporter quelque chose à boire au Maestro et à sa femme. Thé, camomille ? Un verre de *spumante* ? »

L'employé se précipite dehors avec zèle.

Le metteur en scène est toujours absorbé dans la consultation de sa feuille.

« Nous avons sept interventions, pour un total d'environ quarante-cinq minutes, entrecoupées d'une brève chorégraphie sur la musique de *Ginger et Fred*, une heure toute ronde. La dernière intervention est celle du ministre, qui annonce la création d'une bibliothèque multimédia à Rimini, baptisée en votre hommage, Maestro… Ah, dans la salle il y a les donateurs étrangers de la Fondation, qui s'attendent, évidemment, à un remerciement public. L'intervention du ministre n'est pas annulable, mais en ce qui concerne les autres, voyons voir, peut-être… »

L'administrateur réclame discrètement l'attention du réalisateur et lui chuchote quelque chose à l'oreille.

Le réalisateur a l'air d'atterrir brutalement sur une piste gelée et glissante que le brouillard avait rendue invisible jusqu'à ce moment précis.

« *My God ! That's right ! I wouldn't know how to fix it !* »

Leurs regards convergent vers lui, avec une identique consternation.

L'administrateur articule lentement :

« Malheureusement nous ne pouvons pas, Maestro, nous ne pouvons absolument pas. Toutes les personnes censées parler, lui fait-il poliment remarquer, sont dans la salle pour assister au spectacle, et nous n'avons aucun moyen de les prévenir. Même le directeur… »

« Comment ça ? » Il prend sa femme à témoin, incrédule. « Est-il possible qu'il soit nécessaire d'expliquer une chose aussi évidente ? Mais nous n'avertissons personne ! C'est ça qui est beau ! Nous voulons, nous *devons* préserver l'émotion ! Ça sera un extraordinaire coup de théâtre ! Ça sera… »

« Veuillez me pardonner, Maestro – non merci, vraiment, je ne bois jamais pendant le service –, je comprends parfaitement que vous, en tant qu'artiste… il est plus que juste… que de votre point de vue… aucune considération d'ordre pratique, aucun critère d'opportunité ne doit poser de limites à votre génie, mais nous, dit-il, nous, au contraire… »

En somme, pour résumer, il lui exprime son profond regret, mais, dit-il, il doit se résigner à porter la croix du pragmatisme que son devoir lui impose et pour cette raison, etc., etc., l'administrateur continue un peu sa démonstration, tandis que le réalisateur engloutit nerveusement le prosecco, que Giulietta, pensive, sirote son thé et que lui écoute, l'air impatient (mais combien de choses est-il possible de voir à travers un accroc dans le tissu d'un rideau ?), jusqu'à ce qu'il arrive à la conclusion.

En somme, *avec toute l'admiration, avec toute la déférence*, il veut lui rappeler que :

« … les sept interventions au programme ce soir… je peux l'affirmer avec certitude, même sans en connaître les contenus précis, tous, sans exception, découlent d'une condition incontournable qui en garantit l'efficacité : votre *définitive* absence, Maestro, qui unit orateurs et public dans un sentiment commun de privation… Il ne vous sera pas difficile de comprendre, j'en suis sûr, que ces magnifiques discours, précédés de votre sensationnelle apparition sur scène, ajustés à la hâte pour servir de commentaire à un événement aussi prodigieux, aussi exceptionnel, auraient l'air inadéquats, ternes, péniblement emphatiques, et le contrecoup, pour les pauvres orateurs… »

« Et si on entrait après ? » hasarde-t-elle timidement, entre deux gorgées de thé.

Il y a un bref silence, puis une sorte d'enthousiaste explosion.

« Après ! Bien sûr, après ! hurle-t-il. Giulietta a raison ! » Et il se remet à marcher de long en large, en s'enflammant, avec d'amples gestes des bras. « Sur l'écran le dernier morceau de pellicule a été passé, sur scène le dernier discours a été prononcé, applaudissements, musique… Ah, mais la petite danse de fin va constituer un prélude absolument parfait. Même moi je n'aurais pas trouvé mieux ! Quoi de plus bouleversant qu'une idiote frivolité impénitente ? De belles jeunes filles aux regards pas encore contaminés par la mémoire, exemptes de toute nostalgie, vêtues de plumes et de justaucorps scintillants, gambadent sur scène, dans une chorégraphie de pacotille, jusqu'à ce qu'elles forment le beau tableau final, haletantes et éblouissantes de sourires et de paillettes… dans la salle un spectateur est déjà en train d'enfiler son pardessus, il tâte de l'extérieur la poche dans la doublure pour s'assurer que le paquet de cigarettes mentholées est bien à sa place, il évalue d'un coup d'œil s'il vaut mieux s'avancer vers la droite ou plutôt vers la gauche pour rejoindre plus rapidement la sortie, quand soudain, noir total ! Tous les gestes préludant à la sortie du théâtre – recherche des clés, rallumage du téléphone – s'interrompent brusquement. Là il faudrait vraiment faire résonner des tambours, mais peu importe, n'importe quel bruit conviendra, une cacophonie, tout ce qui peut créer un choc sonore. Non, encore mieux : un élément de scénographie se précipitera brusquement, depuis les cintres tout en haut, au milieu de la scène, l'idéal serait une énorme mamelle blanche rebondie, creuse à l'intérieur – vous auriez quelque chose du genre dans vos entrepôts ? *Boumbadaboumboumdabadoum !* Les danseuses s'enfuient en criant et en répandant autour d'elles plumes et paillettes. Surprise, peur. Juste après, une lumière blanche presque aveuglante transperce le centre de la scène, où l'immense sein blanc, telle une montagne de neige, commence à remonter lentement, nous découvrant tous les deux, debout, main dans la main, immobiles, tandis que… »

Malheureusement, nous ne pouvons que deviner la suite du dialogue, parce qu'un long éclat de rire du public le recouvre, se déversant dans le vestibule, provoqué, semble-t-il, par une anecdote savoureuse, racontée avec efficacité par un ancien assistant du Maestro, fameux metteur en scène largement conscient de sa propre valeur.

Pendant quelques cruciales secondes nous devons nous contenter des indices – assez clairs, par ailleurs – que nous fournissent les mimiques sceptiques ou désolées du réalisateur ou de l'administrateur – expressions perplexes, gestes dubitatifs des mains.

Puis, à un signe du réalisateur, notre père se précipite pour baisser le volume du retour son, juste à temps pour nous permettre de saisir les paroles de l'administrateur, apparemment la fin, plutôt effilochée et incohérente, d'un raisonnement tendant à argumenter le refus sans appel de l'administrateur.

Avec ou sans chute sur scène de mamelle immaculée, la solution imaginée par le Maestro présente des contre-indications trop sévères pour qu'eux, le réalisateur et l'administrateur, sur lesquels, en l'absence du directeur ou d'autres référents faisant autorité, pèse entièrement la responsabilité de la soirée, *contre-indications trop sévères, disions-nous, pour que nous puissions nous permettre de les ignorer.*

Si le Maestro et sa femme apparaissaient *après*, il serait évident qu'eux, administrateur et réalisateur, le savaient *avant.*

Et que, en connaissance de cause, ils se sont tus, envoyant ainsi toutes ces personnes ignorantes au désastre, « ... personnes qui, pour cette soirée, de bonne foi, insiste l'administrateur, ont minutieusement préparé leurs discours, en y consacrant toute leur énergie, leur temps, au prix d'éventuels sacrifices familiaux, professionnels, institutionnels... »

À ce stade, Delia tente visiblement de pourvoir à la petitesse consternante du dialogue, avec une augmentation inopinée de l'action.

Le résultat, tu vas le voir, est plutôt pathétique.

De sa part à lui, crises de fureur, poings sur la table, et carrément des coups de pied.

À deux reprises il s'élance en direction de la scène, en s'emmêlant, comme on pouvait le prévoir, dans le rideau, si bien que les trois autres – l'employé a couru demander de l'aide – n'ont aucun mal à le retenir, l'empêchant de faire irruption sur scène en plein milieu du discours du ministre, tandis que Delia s'aplatit promptement contre le mur.

De sa part à elle, l'habituel déluge stéréotypé de larmes et de mots tendres, *calme-toi, on pourra peut-être revenir une autre fois*, et ainsi de suite.

Parfaitement risible, la réponse de l'administrateur à la susdite suggestion, au point que nous nous demandons s'il n'était pas déjà affecté de démence à l'époque, « … revenir une autre fois ! Pourquoi pas ? Il va de soi que nous en serons heureux, plus qu'heureux, et si par hasard vous aviez l'occasion de nous en avertir à temps, nous pourrions nous y préparer… », le tout assorti de grands sourires, brusquement pétrifiés cependant par le fait inattendu qu'on se jette sur lui, on le prend au col, grande bousculade, choc violent, auquel se trouve mêlé jusqu'à notre père.

Delia, morte de peur, s'apprête à sortir de sa cachette, mais voilà que revient l'employé, précédemment parti chercher de l'aide, haletant et bouleversé, en compagnie de deux énergumènes à l'air flegmatique, vraisemblablement ramassés dans un quelconque bar du coin.

L'intervention des deux hommes se révèle par ailleurs inutile, parce qu'entre-temps, et inexplicablement, lui s'est affaissé comme une marionnette dont le marionnettiste serait en proie à une soudaine crise de narcolepsie.

Désormais il pleure, tête baissée, ou du moins Delia en a-t-elle l'impression, parce qu'elle le voit seulement de dos s'effondrer sur les marches. Et soudain voilà que sa femme s'assied près de lui, lui entoure les épaules qui semblent agitées de sanglots silencieux, lui murmure à l'oreille une parole de consolation que Delia ne réussit pas à entendre.

Entre-temps les inutiles énergumènes ont disparu, l'employé se tient prudemment sur le seuil, le réalisateur et l'administrateur ont retrouvé leur impénétrable *aplomb**, et ils observent la scène avec un air grave, mais aussi d'adieu impatient et définitif.

Delia nous dit que c'est notre père qui les accompagne gentiment dehors, exactement au moment où leur parvient, légèrement étouffée, une interminable salve d'applaudissements – tous debout, exaltés, émus – qui salue l'image souriante du Maestro, emplissant l'écran, caressée par la musique reconnaissable entre toutes de *Huit et demi*.

À ce stade, le récit devient encore plus confus et lacunaire.

Un trajet en bus, le 70 barré, jusqu'à piazza Venezia.

Là un faible sursaut, une brève sortie hors de l'état catatonique, dans ce coin il y a un restaurant, *comment il s'appelle ? Le nom m'échappe, le propriétaire est un ami, on pourrait aller le saluer...*

« Mais ça fait déjà un moment qu'il est mort. »

« Ah bon ? »

Qui sait.

C'est elle qui le dit, en le poussant doucement vers l'arrêt du 916.

Arrivée à la gare, déserte à cette heure-là.

Notre père les regarde s'éloigner le long des quais, bras dessus, bras dessous, vers le nord, en marchant un peu de travers.

Une seconde avant qu'ils ne disparaissent de sa vue, il est submergé par un sentiment de honte cuisante, soudain, déchirant, il a envie de les appeler, de courir pour les rattraper, de les supplier de faire marche arrière.

Et il le ferait presque.

Sauf que brusquement il se souvient de Delia, et du fait qu'il ne l'a pas vue depuis au moins deux heures.

Quand il arrive devant l'entrée principale du théâtre, tout le monde est parti, les lumières sont éteintes.

Sur l'esplanade, deux hommes en costume sombre et manteau ouvert (soirée chaude, ce 31 octobre), se sont arrêtés pour bavarder, en fumant une cigarette.

Le cœur battant, notre père se précipite à l'entrée de derrière, et dans le vestibule il retrouve Delia, assise, l'air absorbée, derrière le bureau.

Père et fille se regardent longuement avec une émotion indicible et, en silence, scellent le pacte secret que notre père ne rompra jamais.

Ça, c'est Delia qui le raconte.

Delia.

Dieu, quelle insupportable menteuse.

Frissons immoraux

Interlude pour voix féminine

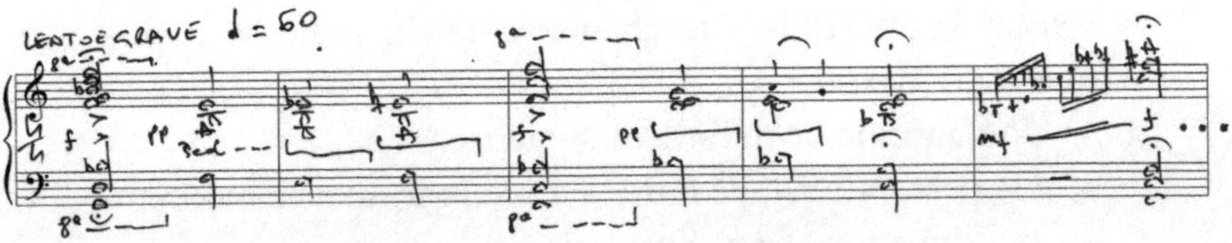

Un pont très frêle, que mes pas prudents font dangereusement onduler.

Je m'arrête pour regarder, et je suis saisie d'un terrifiant vertige.

En dessous de moi l'eau brune tourbillonne sauvagement, avec un scintillement sombre.

Aujourd'hui je n'ai pas recueilli les excréments de mon chien.

Je me trouvais dans un parc, à midi.

J'avais en main le sachet approprié et j'étais déjà en train de me pencher sur les déjections fumantes – quatre méphitiques cylindres foncés, d'une consistance molle et prête à se défaire – qui se trouvaient précisément au bord du chemin de terre, le long duquel à ce moment précis passait, en courant, un couple de jeunes joggers.

Un peu plus loin, une silencieuse famille asiatique avait étendu sur l'herbe une nappe à carreaux rouges et blancs, et préparait l'organisation d'un pique-nique.

Il y avait différents enfants, je me souviens, d'un âge compris entre trois et dix ans.

Un nuage blanc suspendu, peut-être observé trop longuement. Non, sérieusement. Il se peut qu'il ait joué un rôle dans l'histoire, il se peut que…

Le pont.

Sur la rive en face, les mêmes parois escarpées, le même sentier inaccessible. De chaque côté du pont, le même identique paysage.

Une absolue et définitive symétrie.

« Je peux NE PAS le faire », me suis-je dit à ce moment, en lançant mon corps entre les flots.

Terrible, terrifiant.

Le fracas d'une cascade, toute proche, vers laquelle le courant en fureur m'entraîne, couvre tous les autres bruits. Je lutte pour rester à la surface, je tente de m'accrocher aux rochers glissants, aux buissons malmenés par des rafales de vent glacé.

Je remonte. Péniblement, en me blessant les jambes et les mains, mais je remonte.

Je n'ai pas l'intention de me retrouver sur ce pont.

Non, je ferai le grand tour.

Chaleur étouffante, foule, torpeur.

Une énorme main mécanique a été lâchée sur moi d'en haut, où normalement est suspendue la poignée à laquelle s'accrocher. À laquelle, de fait, ce vieil homme qui s'appuie bêtement sur sa canne ferait bien de s'agripper, au lieu de se laisser ballotter de-ci de-là, et d'être projeté en avant chaque fois que le tramway freine en sifflant, puis à nouveau en arrière, quand il repart dans un bruit de ferraille.

Et il est inutile qu'il me regarde.

Une imploration, un reproche, un défi.

Quoi qu'il en soit, l'immense main mécanique me cloue sur place, sur mon siège rigide et dur.

Je tirerai sur ma tête ton regard, comme un drap frais.

Je ne me lève pas. Je ne veux pas. Je ne me lève pas.

J'ai réussi à éviter le pont.

Et pourtant, la tentation d'un plongeon doit m'avoir saisie, par surprise, le long d'un de ces sentiers tous identiques. La réverbération du soleil sur l'eau entrevue entre les feuilles, probablement.

En réfléchissant, il me semble que j'ai un souvenir de ce genre.

Je dois avoir couru à perdre haleine, en trébuchant, et puis je me suis jetée.

Tout s'est nettement mieux passé cette fois. J'ai même nagé. Pas très longtemps, certes, juste quelques brasses désordonnées.

Peur, oui, panique, non.

J'ai gardé mon sang-froid, je dirais.

Et désormais je vois s'ouvrir des perspectives infinies.

Abandonner sur la plage un sachet de plastique.

Avancer en jouant des coudes pour arriver dans les premiers au buffet.

Courtiser les puissants.

Trahir les promesses.

Humilier une domestique, en l'accusant de vol.

Manipuler un faible.

S'introduire par un abus de pouvoir dans une place de

parking, en dépassant, d'une manœuvre rapide, la voiture qui attendait, moteur allumé, d'en prendre possession.

Boire directement dans une bouteille de jus d'orange destinée à d'autres.

Couvrir de boue les passants, en roulant trop vite sur les flaques d'une rue étroite et sans trottoirs.

Insinuer des soupçons.

De la pointe de la chaussure, pousser furtivement des miettes de pain sous un tapis.

Mentir, mentir beaucoup, sans honte.

Une bonne fois, se laisser entraîner vers la cascade.

Tomber dans un lac d'eau sombre et profonde, mais incroyablement calme.

Flotter tranquillement sur le dos, le regard tourné vers le pont oscillant, les sentiers épineux et inaccessibles.

Loin, si loin, désormais.

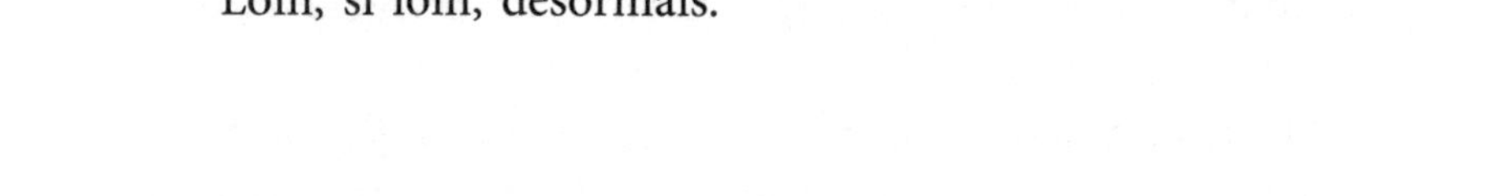

Retournement de situation

Récit d'un garçon

« Je n'y arrive pas. Je ne peux pas faire ça. »

Ça doit être au moins la dixième fois en deux heures qu'il me le répète.

Il est à moitié effondré sur le comptoir, comme un vieux cow-boy hors d'usage dans le saloon d'un western américain en noir et blanc, et puis il me regarde avec des yeux tout rouges et brillants à force d'être au bord des larmes – même si, selon moi, les trois bières qu'il s'est enfilées l'une après l'autre y ont largement autant contribué.

Pour me faire de la peine, c'est sûr qu'il me fait de la peine.

On est meilleurs amis depuis la deuxième année de filière littéraire, enfin bref depuis la seconde, qui en ce qui me concerne fut une erreur et, de fait, ensuite je suis passé au lycée technique agricole, une autre erreur atroce, mais en sens inverse, mais pour résumer, depuis cette époque, à savoir depuis douze ans, nous sommes restés en contact presque quotidien, donc il est clair que je compatis.

C'est seulement que maintenant j'ai compris que ce

qu'il lui faut, ce n'est pas un conseil, mais un ordre, autrement dit je devrais lui dire *fais ça et ça, et puis ça suffit, pas de discussion, assez parlé*, et comme ça il déchargerait sa conscience.

Il est rongé par la culpabilité, c'est lui qui le dit.

Il se peut que ce soit vrai, je ne le mets pas en doute, mais ça ne veut pas dire que, comme *ça te ronge*, tu peux te débarrasser de ta culpabilité en obligeant un autre à *se ronger*. Je trouve ça trop pratique, et surtout ça ne me convient pas du tout, parce que désormais je me suis attaché à Sonia.

Il faut dire que moi, par tempérament, je suis assez réfractaire à la culpabilité. Je dois être superficiel, mais de toute ma vie, je ne me suis jamais senti coupable.

Si par exemple je fais une chose qui, a posteriori, ne me paraît pas correcte, je peux dire *je n'aurais pas dû, je suis désolé*, mais ensuite ça s'arrête là, je ne vais pas me mettre à me ronger et me tourmenter pendant des mois au point d'en perdre le sommeil.

De mon point de vue, soit on est coupable, soit on n'est pas coupable. Et si on l'est, on le reconnaît et c'est bon.

À quoi sert tout ce blabla ?

Ce n'est pas que je veux être méchant, mais pour moi la culpabilité a une unique fonction : à force d'être sensible et de souffrir, au lieu de compatir avec celui à qui tu as causé un tort, tu te retrouves finalement à compatir uniquement avec toi-même et à pleurer sur ton propre sort et rien d'autre.

Avec pour résultat que moi, par exemple, ça fait quatre

semaines que je suis obligé d'écouter ces pleurnicheries, et que ça ne mène absolument nulle part.

Sans compter que si tu as envie de te livrer à ce genre d'épanchements, choisis-toi un lieu adapté, un beau café avec des banquettes *en séparé** comme il y en a dans le centre, et au lieu d'enchaîner trois bières tu bois trois *long drink gin and soda.*

Au lieu de quoi Fabio me donne rendez-vous dans ce trou à rats, le pire de la banlieue est, qui est déjà en soi un trou à rats – et je peux le dire en connaissance de cause, parce que j'y ai vécu jusqu'à mes treize ans et j'y ai fait tout le collège, dans un établissement qui tombait en ruine.

Ici aussi tout est à moitié déglingué, d'une manière qui à mes yeux n'a rien de poétique.

Et selon moi, c'est carrément crasseux.

Il y a une musique atroce qui te crève les tympans – pour échanger des confidences assez intimes, ce n'est pas vraiment l'idéal – et le type tatoué affalé au comptoir et collé à mon coude a le front le plus bas que j'ai jamais vu de ma vie et il trimbale une odeur assez épouvantable, un mélange de sueur et de soupe à l'oignon.

Peut-être que Fabio m'a donné rendez-vous ici parce qu'il se sent coupable, comme une espèce de pénitence qu'il estimerait mériter.

Venant de lui ça me semblerait plausible.

On est juchés depuis plus de deux heures sur ces fichus tabourets trop hauts et branlants d'un inconfort punitif, et de mon côté, une lame d'air gelé me transperce le cou et l'épaule droite.

Moi, pour être honnête, j'ai aussi un rendez-vous à

l'autre bout de Rome et s'il est vrai qu'en général la ponctualité n'est pas vraiment mon fort, je ne peux pas non plus indéfiniment me faire attendre, d'autant que je m'ennuie à mourir et que je ne comprends pas à quoi ça sert, de rester ici à jouer le prêtre confesseur, vu que je ne suis évidemment pas la personne la mieux à même de dispenser des conseils à ce sujet.

Personnellement, j'ai eu trois relations en tout et pour tout, les deux premières assez temporaires et pas très prenantes, pour moi du moins. Dans les deux cas, l'histoire s'est finie tranquillement, je n'ai pas l'impression que ça ait fait d'énormes dégâts, peut-être parce que je ne suis pas un type passionné ni romantique et, par voie de conséquence, je ne suscite pas de grandes espérances, ni de grandes illusions.

La troisième fois, avec Elena, l'histoire a eu plus d'importance, mais à un certain stade elle devenait *trop* importante, et alors on s'est quittés, mais quand même pacifiquement et d'un commun accord. Autrement dit personne n'a dit soudain *ça suffit* en stoppant tout d'un coup. On a rétrogradé d'une vitesse, puis d'une autre, et comme ça, avec le frein moteur, la chose a ralenti petit à petit et sans heurts. Concrètement ça n'a pas été une séparation avec annonce officielle, tel jour à telle heure, discussions et trucs du genre ; d'ailleurs, en faisant marche arrière pour y repenser, il est impossible de dire quand cela a commencé.

Le plus difficile a été de déraciner des habitudes qu'on avait prises avec le temps, sans même nous en rendre compte, tu sais, le genre de choses qui se créent comme ça, par hasard, mais qui ont leur importance et constituent un train-train, une *routine** qui, si on te l'enlève entièrement d'un coup, donne l'impression que le sol se dérobe sous tes pieds, alors que si au contraire tu procèdes calmement, rationnellement, par étapes, tu remarques à peine la différence.

Avec Elena, par exemple, quand il a fallu que je récupère chez elle, et elle chez moi, du linge et différentes choses qu'on y avait laissées, il a pu arriver qu'on boive un café, et moi je lui rendais une trousse de maquillage, et elle me rapportait une paire de chaussures.

Sans traumatismes, avec *nonchalance**.

Et puis, je dis ça comme ça, l'un de nous, un jour, n'appelait pas l'autre, et le jour d'après non plus, et on finissait par en arriver tranquillement à une semaine entière sans s'être téléphoné.

Et c'est ainsi qu'un matin tu te réveilles en pensant, *oh, wouah, on n'est plus ensemble et – écoute-moi bien – je vais bien, je suis en forme.*

Tranquille, sans laisser de cicatrices.

Un peu de cafard peut survenir de temps en temps, je ne dis pas, mais il faut tenir bon, sinon tu es fichu.

En somme, désormais je suis en mesure d'affirmer que c'est devenu une belle amitié, à la satisfaction des deux parties.

Bien sûr, je ne veux pas dire par là que tout est simple.

Elena n'est pas du genre facile, elle connaît son affaire, et avant de te laisser passer quoi que ce soit, il faut qu'elle contrôle que tous tes papiers d'identité sont bien en règle.

Mais elle est aussi du genre direct, et ça, c'est un trait de caractère que je suis capable d'apprécier.

En somme, en résumé, nous avons conservé d'excellentes relations ; en ce qui me concerne, j'ai toujours beaucoup de plaisir à la voir, et je pense que ça vaut aussi pour elle, même si en ce moment elle est totalement absorbée par sa thèse, et du coup on se voit un peu moins.

Pour Fabio, une histoire de ce genre est quasi de la science-fiction.

Lui, quand il tombe amoureux, il tombe toujours amoureux *follement.*

Quand je dis toujours, je veux dire les deux fois où il lui est arrivé de tomber amoureux.

La première fois et la seconde, c'est-à-dire d'abord Gabriella et ensuite Sonia, c'est *la femme de sa vie, la personne la plus extraordinaire, l'entente la plus parfaite,* etc., etc.

Et alors la séparation, ça va de soi, devient une semi-tragédie.

Avec Gabriella il y a quatre ans, entre tourments et larmes, et avec Sonia, qui, à l'entendre, a l'air tout aussi tragique.

Moi, vraiment, si j'avais dû risquer un pronostic, cette fois j'imaginais une chose plus normale, parce que Sonia et Gabriella n'ont rien en commun, Sonia m'a toujours paru beaucoup plus tranquille et réfléchie.

Pourtant Fabio me jure et m'assure qu'il ne faut jamais se fier aux apparences.

Voilà pourquoi nous sommes ici.

Dans ce trou à rats.

Juchés sur nos perchoirs.

Avec l'air conditionné qui me souffle sur le cou un vent aussi gelé que la bora de Trieste.

Ce que lui aurait voulu actuellement, c'est la même chose qu'il voulait à l'époque avec Gabriella, et qu'il n'a pas du tout réussi à obtenir, à savoir que, à peine son amour pour elle commençait-il peu à peu à vaciller, sans que lui s'en rende encore vraiment compte, sans aucune responsabilité de sa part, comme par miracle, Sonia, prenant l'initiative toute seule, décide de le quitter.

Au lieu de quoi on est déjà en train de chanter le *De Profundis*, et Sonia a l'air convaincue d'être au summum du bonheur romantique et de l'amour réciproque et parfait.

Depuis plus d'un mois, Fabio assiste à la chute de son amour pour Sonia, *terriblement consterné.*

Ce qui me semble tout aussi inutile que d'avoir le cafard en regardant se vider une baignoire pleine d'eau, où tu pensais prendre un bon bain : à quoi bon t'en faire puisque, va savoir comment, tu as perdu la bonde.

Mais le fait que Sonia ne s'en soit pas encore rendu compte n'est pas si étrange, parce qu'il faut dire que Fabio est tellement angoissé et tordu que moins il a de sentiments, plus il donne l'impression d'être amoureux, tout en cajoleries et petites attentions, *amour par-ci, trésor par-là*, si bien que même moi, qui suis un type sceptique et concret, je tomberais totalement dans le panneau.

Maintenant, en dépit de tout, je lui donnerais volontiers un coup de main, au moins pour me libérer de ce rôle, tellement peu adapté à ma structure psychique naturelle.

Mais s'il est vrai que dans le domaine amoureux je suis assez apathique et indolent, cela ne signifie pas que je suis une personne privée de sentiments, et Sonia m'est sympathique… mon Dieu, sympathique n'est pas exactement le mot, ce n'est pas le genre de fille avec qui on partage des fous rires.

Néanmoins, somme toute, je l'estime, elle m'intéresse, et donc par voie de conséquence elle me fait de la peine, et je n'ai aucune envie de faire ce qu'il me dit, *qu'est-ce que ça peut te fiche, laisse-la tomber, un point c'est tout.*

Je ne l'ai jamais trouvée très sexy, c'est vrai, mais si un ami fascinant décide de se mettre avec une femme ni très belle ni très brillante, si tel est son choix, alors tu l'acceptes, c'est comme ça.

Sur le moment tu es peut-être un peu surpris.

La première fois que tu la vois et que vous échangez strictement deux mots (Sonia est plutôt du genre taciturne), la première fois, dis-je, tu as un peu de mal, parce qu'il est indéniable qu'il existe un écart considérable entre l'image que, dans ta tête, toutes les descriptions enthousiastes de ton ami ont créée, et la réalité assez modeste et aussi un peu grise que tu as sous les yeux.

Mais ensuite tu te fais une raison, et même à un certain moment tu ne remarques même plus le contraste, parce que l'enthousiasme de ton ami amoureux, qui au début t'avait fait rêver avant de te paraître absurde, devient la fontaine à laquelle tu peux constamment t'abreuver, quand tu es à court de ressources.

D'un autre côté tout ce que je pouvais dire, à l'unique exception de lui donner l'ordre de la quitter, qui est ce que lui voudrait me pousser à faire avec ses lamentations mélodramatiques, je l'ai déjà dit depuis un bout de temps.

Mais ça n'a servi à rien, et en outre je l'ai payé très cher, avec un sentiment de malaise extrêmement pesant qui a déjà empoisonné les six soirées à trois que j'ai été obligé de me farcir au cours des quatre dernières semaines : deux cinémas, un restaurant thaïlandais, la présentation d'un recueil de poésie dans une librairie du centre, et deux dîners improvisés chez Fabio, *allez, reste, ça nous fait plaisir, on va se débrouiller avec ce qu'il y a.*

Il dit :

« J'ai commis une terrible méprise. »

Maintenant, à mon humble avis, même cette dernière phrase ne tient pas debout.

Une méprise peut être l'affaire de cinq minutes, pas de trois ans ! Ça n'a aucun sens, alors que vous vous fréquentez depuis trois ans et êtes sur le point d'emménager ensemble, de venir me parler de gaffe.

Puis il me sort :

« Comment je vais bien pouvoir le lui dire maintenant, ça va la tuer. »

Certes, maintenant que vous êtes *sur le point*, ça n'est pas très joli, tu te réveilles un peu tard, tu m'étonnes qu'elle va devenir dingue.

Mais tout est dans l'art et la manière, heureusement qu'il existe des niveaux de juridiction, et qu'on ne va pas directement en cassation.

On peut prendre son temps, non ? Attendre un peu, discuter.

Et voilà que Fabio rechante son refrain habituel :

« J'en suis incapable, je n'y arrive pas. »

Et alors, qu'est-ce que tu veux que je te dise ? Fais comme bon te semble, bois *l'amer calice*, tous mes vœux, et salut chez toi.

Par ailleurs j'ai loupé un rendez-vous de travail, un petit truc pour gagner un peu de sous, bon, sûrement pas grand-chose, mais en ce moment ça m'aiderait bien, de quoi rembourser deux trois dettes, et me démerder pour la suite.

Toutes ces lamentations et ces silences lugubres ont aspiré toute mon énergie vitale.

Je reste immobile comme un buste au Pincio.

J'ai mal à la tête, mon épaule et mon cou sont tellement raides que j'ai l'impression que quelqu'un me les a cloués sur une barre métallique.

Fabio est totalement effondré sur le comptoir dans sa pose à la Werther.

Je me lève et mets la main au portefeuille.

Il est presque dix heures du soir quand arrive un appel de Sonia.

Sa manière de parler est totalement différente.

Pas vraiment joyeuse, mais excitée quand même, ce qui est déjà exceptionnel pour quelqu'un comme elle. Imagine un poussin qui a tout juste commencé à égratigner sa coquille.

Plutôt, un embryon de joie.

« Je te dérange ? »

« Non, non, t'inquiète pas. J'étais en train de commencer à me préparer un truc à manger… »

« Tu veux que je te rappelle plus tard ? »

« Non, pas de souci. Si ça ne te dérange pas, je te mets sur haut-parleur pour continuer à cuisiner. Vas-y, dis-moi. »

Voilà, c'est juste un exemple parmi d'autres. Je ne connais aucune autre femme qui à cet instant ne demanderait pas : « Et qu'est-ce que tu te prépares de bon ? » Ce qui m'obligerait à détailler les ingrédients et tout le reste, ce dont tout le monde se fiche, puis à entendre une série de conseils, *moi je ferais comme ça, pourquoi tu ne fais pas comme ça…* tandis que moi, je devrais faire semblant de rester à écouter, bref un gâchis de paroles épouvantable, tout un préliminaire inutile avant de pouvoir arriver au sujet proprement dit, qui serait la raison pour laquelle l'appeleur a appelé, peut-être une chose urgente à me dire, que je serais impatient d'entendre, pour pouvoir ensuite retourner à mes affaires, ce qui est par exemple potentiellement mon cas ce soir, vu que je suis en train de cuisiner.

Il est possible, voire probable, que Sonia ne s'aventure pas sur ces sentiers secondaires de la conversation pour la simple raison qu'elle n'est pas curieuse et que certains détails ne l'intéressent pas. Mais cela n'enlève rien au fait que ses manières un peu expéditives sont l'une des raisons pour lesquelles, quand je vois son nom s'afficher sur l'écran du portable, je décide presque toujours de répondre.

« On se disait, avec Fabio… Je ne sais pas si Fabio t'a déjà dit… »

Fabio m'a dit plein de choses, mais il me semble difficile que Sonia se réfère à *ce* genre de choses avec cette espèce de tendre gazouillis.

« Non, je ne crois pas… »

« On a vu une annonce qui a l'air vraiment très intéressante et… comment ? dit-elle, en réponse à un murmure inintelligible – j'ai l'impression de voir Fabio, appuyé sur son épaule –, …oui, évidemment, à part une petite restructuration, qui sera probablement nécessaire, mais dans l'ensemble… »

Elle s'interrompt de nouveau pour écouter d'autres incompréhensibles murmures.

« … oui, il n'y a pas d'ascenseur, mais c'est seulement au deuxième étage. En gros, dans l'ensemble, ça nous semble vraiment une occasion, mais on voudrait avoir ton avis, et donc, avant de fixer rendez-vous avec le propriétaire… oui, c'est-à-dire, avec l'agence, on voulait savoir si dans la semaine… attends, je te passe Fabio. »

À peine Sonia lui a-t-elle passé son portable que Fabio m'assaille de questions sur ce que j'ai fait les deux derniers jours, et comment je vais, et quel est mon degré de satisfaction générale, ce qui m'indique clairement que, pour une raison que j'ignore, il n'a pas jugé bon de raconter à Sonia notre rencontre de l'après-midi, dans le trou à rats de Torre Spaccata.

Je me plie à contrecœur, et sur un mode plutôt expéditif, à cette fiction (j'ai failli faire brûler le *gâteau** de patates que j'avais enfourné) et aussitôt je contre-attaque :

« Mais tu ne lui as encore rien dit ? »

« Effectivement, ça m'a l'air d'être une excellente affaire, fait-il, le prix n'est pas élevé et… »

« Non, cette fois-ci, moi, je n'y vais pas, je te le dis tout de suite… »

« Les visites ont lieu uniquement les mardis et jeudis après-midi entre deux et trois… »

Mais il est quand même en train de m'offrir un prétexte, il faut que j'en profite. Je me rue sur cette convergence momentanée, avant qu'elle ne m'échappe, et je rétablis un semblant de dialogue :

« Dis à Sonia que je ne peux pas : mardi je suis chez ma mère et jeudi j'ai un rendez-vous de travail... »

« Ah, je m'en doutais... Mardi et jeudi il n'est pas libre, se hâte-t-il d'expliquer à Sonia, sur un ton exagérément déçu. On fait quoi ? »

Ce qui me laisse le plus perplexe, c'est que tous ces scrupules moraux, toute cette sensibilité, tous ces sentiments de culpabilité, finissent par se transformer en prétexte pour se sentir autorisé aux comportements les plus hypocrites.

Ça me donne envie de vomir, si bien que pendant un moment je les laisse débattre amoureusement de la question à la cuisine, pendant que je transfère le plateau de mon dîner devant la télévision, au salon.

Toutes ces pensées m'accaparent tellement – l'écran est allumé, mais pas le son, et j'y fais à peine attention – qu'il me faut plusieurs minutes pour me souvenir que j'ai laissé notre conversation en plan, et encore je m'en aperçois uniquement parce qu'un chœur rigolard est en train de hurler mon nom depuis la table de la cuisine.

C'est moi qui ai demandé à Elena si on pouvait se voir.

J'étais en pleine confusion mentale, mais surtout la visite à l'appartement (deux grandes chambres, séjour avec cuisine ouverte, vaste balcon et cave, dans un beau quartier, le tout à un prix inexplicablement bas) m'a laissé une sensation affreuse, comme si j'étais sale.

Pas à cause de l'appartement en soi, évidemment, mais rester là à jouer le rôle du consultant et conseiller, et me retrouver obligé de ne pas complètement donner mon approbation, de couper les cheveux en quatre et pinailler sur des questions dénuées de toute importance, *ça ne va pas, et ça non plus*, alors que l'ensemble était juste phénoménal et parfait, si j'étais propriétaire d'un endroit pareil…

Un moment vraiment désagréable.

Probablement, Elena a compris au ton de ma voix qu'il ne s'agissait pas de l'habituel *on va manger un morceau ?*, comme quand, par exemple, après une journée trop paresseuse et terne, je n'ai pas envie de rester seul, et que j'attends qu'elle me fournisse une plaisanterie amusante sur des connaissances communes, un chouette fou rire.

Elle doit avoir senti que ce n'est pas non plus comme quand je commence à avoir des doutes sur mon apparence, peut-être après plusieurs jours abrutissants où j'ai traîné en débardeur chez moi, et alors je lui propose de se retrouver quelque part après dîner, parce que la perspective de me soumettre à son jugement esthétique me pousse à une hésitation agréable concernant le choix de la chemise que je vais mettre – ici je précise qu'il s'agit strictement d'un exemple, je n'ai pas de chemises… À ce sujet… non, procédons par ordre.

En somme, cette fois Elena comprend mon manège, elle devine que j'ai besoin de son aide et se fait un peu prier.

C'est une fille vraiment brillante, mais elle peut être un peu méchante.

Elle n'est évidemment pas d'accord, mais moi je suis sûr de ce que je dis, j'en ai eu la preuve plus d'une fois.

Elle arrive au restaurant en retard et hors d'haleine, en regardant autour d'elle comme si elle était suivie par un agresseur, puis elle s'assoit, en s'ébrouant tout en se libérant simultanément, avec une série de gestes désordonnés et nerveux sans aucune interruption, de tout l'équipement qu'elle a sur elle : sac à dos, veste en toile et casque intégral.

Heureusement, après un verre de prosecco avec les entrées, elle se détend, si bien que le dossier confortable de la banquette en similicuir peut enfin remplir sa fonction.

Puis elle me regarde droit dans les yeux et demande, avec un petit sourire ironique :

« C'est quoi le problème ? »

Je n'ai jamais beaucoup aimé cette manière qu'elle a d'attaquer une conversation. Elle donne toujours l'impression de vouloir me prendre en faute, ça me rappelle un peu quand je jouais à cache-cache et que je n'avais même pas eu le temps de me glisser dans une armoire que déjà, l'autre hurlait *Trouvé !*, et du coup c'était mon tour de me mettre contre le mur pour compter jusqu'à cinquante et un.

Mais ce soir je passe outre, je suis trop fatigué pour esquiver ses attaques.

« Tu sais, Fabio ? »

De fait, ce n'est pas une entrée en matière géniale, mais ça ne justifie pas non plus la tête qu'elle fait, comme si je l'avais insultée.

Je n'ai pas très envie de poursuivre, je fais une pause de quelques secondes.

« Eh bien ? » dit-elle au bout d'un moment, en levant le menton avec irritation, sur un ton absolument pas encourageant.

« C'est une situation difficile… »

« Dans quel sens ? »

Du calme, relax, je vais y arriver.

« Tu te souviens de Sonia ? »

Je ne m'attends pas à une réponse affirmative, elles se sont à peine entrevues une fois, et Sonia n'a pas un visage inoubliable.

En effet Elena dit, avec une grimace indifférente :

« Vaguement. »

J'avance prudemment, en essayant de ne pas donner d'importance à la sensation très pénible que me procure le regard d'Elena, qui désormais a l'air de se concentrer sur mes gestes, plus que sur mes paroles.

Il m'est impossible de porter la fourchette à ma bouche, ou de me verser encore une goutte de vin sans sentir ses yeux me suivre avec une attention soupçonneuse et sévère, c'est assez inquiétant, plus ou moins la même impression que quand on est intercepté par un capteur de reconnaissance laser.

Non, voilà ce que je disais, à propos de chemises : je suis frappé, en cet instant, par la similitude entre ce que je m'apprête à raconter à Elena et une chose qui s'est produite il y a un an, ou même plus, et qui sur le moment m'avait seulement paru amusante, même si maintenant, à la lumière des faits, je me demande si ce n'était pas un signal, un signe.

Voilà à quoi je fais référence.

Fabio se présente chez moi un après-midi, aussi déprimé qu'à une veillée funèbre.

Moi je m'imagine qu'il est arrivé je ne sais quoi, j'avance prudemment, je l'interroge, j'enquête, je pose des questions, mais lui *non rien, ça va, tout va bien, aucun problème*, sans jamais se départir de son air lugubre.

Jusqu'à ce qu'il se taise pendant quelques minutes, pour finalement me regarder avec une expression terrible et dire :

« C'est déjà arrivé qu'Elena te repasse une chemise ? »

J'ai déjà dit que je n'avais pas de chemises ; c'est-à-dire, en réalité, j'en ai bien une rayée que m'a donnée mon père et qui me fait assez horreur, mais je n'ai aucune idée de l'endroit où elle peut bien être.

Mais bon, ce n'est pas vraiment le sujet.

Le seul fait d'imaginer Elena devant une table à repasser, avec un fer fumant à la main, occupée à repasser le col et les poignets, est irrésistiblement comique, ça me donne envie de rire, et de fait j'éclate de rire et je dis :

« Non, d'où te vient une idée pareille ? »

Lui me fixe avec deux yeux exorbités, puis il répond, aussi lent et solennel que le glas :

« Hier Sonia m'a repassé une chemise. »

Mais ultra-sérieux, comme s'il était en train de me dire qu'il venait de perdre intégralement le patrimoine familial en jouant à la roulette.

La chose s'est arrêtée là, je n'ai jamais su par ailleurs si Sonia a persévéré dans son rôle de repasseuse à domicile et s'il a fini par trouver ça pratique, ou bien s'il s'est agi d'un épisode qui, du fait de la volonté de l'un ou de l'autre, ne s'est jamais répété.

Ceci est une pensée entre moi et moi, une chose qui me vient à l'esprit pendant qu'Elena me passe au scanner, entre deux bouchées.

D'ici peu va arriver l'analogie, à savoir toute l'histoire

que j'ai l'intention de raconter à Elena, même si je sais parfaitement que je ne peux attendre d'elle la moindre indulgence à l'égard de Fabio – c'est couru d'avance.

Elle le connaît seulement de vue, ils ont dû se rencontrer deux ou trois fois, à l'époque où elle et moi étions encore ensemble. Ce qui n'a pas empêché qu'elle s'est forgé un jugement définitif sur lui, elle est comme ça, du genre rapide dans ce domaine.

L'expression avec laquelle elle écoute le début de mon histoire, un compte rendu synthétique de la situation dans laquelle se trouve Fabio, qui se trouve être les prémices d'une demande de conseil concernant le conseil que je dois lui donner, à lui, confirme le souvenir que j'en avais, à savoir que Fabio lui est profondément antipathique.

Sa bouche prend un pli pour le moins dédaigneux, à peine je me suis enfoncé dans le détail des événements les plus récents.

Mais il faut que j'en arrive à la conclusion.

Car ce qui, pour moi, transforme toute cette histoire en casse-tête, en énigme, n'est pas que Fabio se soit lassé de Sonia et n'ait pas le courage de le lui dire, ça, c'est dans l'ordre des choses, même si personnellement je ne le comprends pas vraiment.

C'est *la manière* dont Fabio s'est lassé de Sonia qui fait la différence, qui me semble incompréhensible.

Et comment fait-on pour donner des conseils au sujet d'une situation qu'on ne comprend pas ?

« Tu vas penser… je commence, effectivement, c'est une histoire plutôt absurde… Ça s'est passé comme ça… »

Je repars du début.

C'est-à-dire du début de la fin.

Qui est une soirée de mai, il y a environ un mois.

Jusqu'à ce moment-là, grand amour, entente parfaite, etc., etc., au point que lui et Sonia décident d'un commun accord que finalement le moment est venu de se mettre à vivre ensemble.

Ils veulent fêter cette importante décision, et ils se donnent rendez-vous ce soir-là pour aller dîner dans un bon restaurant.

Il va la chercher avec la voiture que sa mère lui a prêtée. Il est un peu en avance, il fait chaud, il sort de l'automobile et s'allume tranquillement une cigarette.

Il est là, en train de fumer, ravi, quand il se retourne et la voit qui traverse la rue pour venir vers lui, toute souriante, dans une tenue qu'il ne lui a jamais vue avant.

Dans le récit de Fabio, l'image de cette tenue et de ses accessoires occupe au moins une dizaine de minutes, mais moi, comme on peut facilement l'imaginer, je ne suis pas capable de rapporter la chose avec précision, et je me perds dans la description d'un complexe motif floral avec de nombreuses couleurs, plus une rangée de boutons, et une ceinture en serpent, *une chose terrible*, je cite Fabio.

Je fais du mieux que je peux pour prendre mes distances avec la déclaration de Fabio, que je me rappelle bien parce qu'elle m'avait laissé plutôt stupéfait, à savoir que l'apparition de Sonia dans cette tenue a été comme *un choc, comme se réveiller d'un rêve pour être précipité dans un cauchemar, une révélation définitive, évidente, inexorable...*

« Mon Dieu, pense-t-il, qu'est-ce que j'ai fait... »

J'ai beau avoir beaucoup de mal à ne pas me laisser intimider par l'expression de dégoût sarcastique avec laquelle Elena est en train de m'écouter, je poursuis le récit de la deuxième partie de cette *soirée apocalyptique*, toujours une citation de Fabio, évidemment.

Pendant le dîner, Fabio est quasi incapable de dire un mot. Au contraire, Sonia, pour une fois, est très bavarde.

La table à côté de la leur est occupée par un jeune couple.

Il n'y a pas grand-chose à dire sur le garçon.

Mais sa copine, elle, mauvais augure, semble auréolée de lumière.

Elle a *des cheveux sombres avec de magnifiques reflets acajou, des yeux scintillants, un sourire radieux* et, comme si ça n'était pas suffisant, elle porte une petite robe noire *d'une extraordinaire élégance.*

Fabio fait de son mieux pour ne pas la regarder, il tourne carrément sa chaise dans la direction opposée, au prétexte que la lumière qui arrive de ce côté lui fait mal aux yeux.

Et c'est là qu'arrive le coup de grâce.

Sonia est en train de manger et de parler en même temps, et Fabio, soudain, est hypnotisé par les mouvements de sa bouche.

Tout le reste disparaît, *comme englouti par un gouffre terrifiant.*

La bouche de Sonia flotte *dans une obscurité absolue, totale, s'agitant de haut en bas, s'ouvrant et se fermant, aussi terrifiante que la porte de l'Enfer*, et Fabio ressent, *avec une certitude désespérée, que tout est perdu, pour toujours.*

Sincèrement, je ne sais pas comment j'ai fait. Je ne sais pas comment j'ai réussi à arriver au bout.

Mon récit a duré environ une quinzaine de minutes

(on en est au plat principal, et même sous la torture je serais incapable de dire ce que j'ai mangé), mais je me sens complètement épuisé.

Elena n'a presque pas touché à son ragoût de légumes.

Elle éloigne son plat, pose les coudes sur la table et, se penchant en avant, elle me fixe avec des yeux atrocement hostiles.

Puis elle profère lentement, en scandant chaque syllabe, sa sentence, aussi sèche qu'une branche de pin quand il n'a pas plu depuis deux mois :

« Je suis sans voix. »

On a fini par se disputer.

Non, je veux dire, c'est dément.

Je tiens à préciser que durant les onze mois qu'on a passés ensemble ça n'était presque jamais arrivé.

On se retrouve à se bagarrer pour une histoire qui ne nous concerne même pas directement ; surtout elle, qui ne les connaît même pas.

Elle trouve Fabio *dégoûtant, révoltant*, elle est disposée à lui accorder les circonstances atténuantes que vous ou moi accorderions à Jack l'Éventreur.

Et moi, ce n'est pas que je veuille le défendre, mais en somme Fabio est mon ami, je ne vais quand même pas assister à un lynchage par une foule enragée (*Foule Enragée* est un surnom qui lui va bien, je vais m'en servir quand je la citerai à mon psychanalyste – je n'ai pas de psychanalyste, ça aussi c'est un exemple, comme les chemises ; pire, même pas un à rayures qui me fasse horreur…), je ne peux quand même pas assister à cette *condamnation à perpétuité* sans procès équitable, en me tournant les pouces.

Et puis je ne suis pas si engagé que ça non plus.

J'ai seulement dit que ce n'est pas un homme dépourvu de scrupules, qu'il souffre, qu'il n'en dort plus, qu'il boit (pour être honnête, il buvait aussi avant), qu'il se sent coupable.

Et surtout l'argument qui me paraît décisif : il ne voit pas quelqu'un d'autre, ce qui est déjà exceptionnel.

En général, tu devines que tu n'en as plus rien à faire de la fille avec qui tu sors petit à petit, une fois qu'une autre fille qui t'intéresse te fait comprendre que, peut-être, il peut y avoir un truc, et les hésitations *je pars ou je reste* correspondent mot pour mot au *je suis partante ou je ne suis pas partante* de l'autre, à l'identique, tels des reflets dans un miroir.

On n'a jamais entendu parler d'une révélation qui aurait surgi tout d'un coup, un soir de mai, par le biais des couleurs d'une robe.

C'est perfide, certes, cruel, certes, mais au moins c'est original.

Bien sûr, un tel choc à l'improviste, ça ne doit pas être facile, je peux le comprendre. Mais lui est comme ça, il est bizarre, et en même temps ça fait partie de son charme.

Si toi, femme, tu refuses d'avoir ce genre de problèmes, je te conseille tout simplement de ne pas t'approcher de ce genre d'hommes.

Si tu tombes amoureuse d'un homme comme Fabio, tout feu tout flamme, tu dois prendre en compte qu'une fois la flamme éteinte, tu te retrouves avec les cendres.

Moi, par exemple, je me fiche de la manière dont une

femme s'habille. Pour moi une femme qui me plaît peut bien se balader vêtue d'un sac, je ne le remarque même pas.

Et alors il arrive qu'elle se lamente, qu'elle dise *tu ne me regardes pas, tu ne fais pas attention...* Tu vois ? On ne peut pas tout avoir dans la vie, le *beurre**... c'est-à-dire le beurre et l'argent du beurre, comme on dit en France.

Bon, finalement Elena me donne son avis, même si je dois travailler dur pour le laver de tout le fiel qu'elle jette dessus.

Selon elle, Fabio doit parler immédiatement, le plus tôt possible, *ce serait un crime*, je la cite, de laisser Sonia *dans la tromperie de ses illusions.*

Et moi je dois dire qu'abstraction faite de tout le contexte, à savoir qu'il y a d'autres façons d'exprimer son avis, au fond je suis d'accord avec elle.

Moi, en ce qui me concerne, je n'aurais jamais macéré là-dedans pendant un mois, et ça, à Fabio je l'ai dit et redit.

C'est juste que j'ai oublié de le traiter de sale ordure, et avec un type comme lui, ça ne sert à rien de tirer à blanc, s'il ne sent pas l'odeur du sang, il ne bouge pas d'un millimètre.

Le fait est que quand, le lendemain du dîner mentionné plus haut, je lui ai rapporté deux ou trois mots doux qu'Elena m'avait prié en hurlant de lui transmettre poliment, il a fini par se laisser convaincre.

Il lui parle demain, il lui dit tout, sauf la robe qui est *seulement une chose symbolique, qui risque même de la blesser.*

Voilà ce qu'il a dit.

Alors qu'elle va certainement être ravie d'apprendre qu'il n'en a plus rien à faire d'elle.

Ça, c'était à sept heures. À huit heures et quart il me rappelle, d'une voix mal assurée.

« Quel idiot ! Demain c'est son anniversaire ! Je ne peux pas lui faire ça. »

Effectivement, tu auras beau faire un beau paquet-cadeau avec du papier de toutes les couleurs et coller par-dessus une belle fleur dorée, ce n'est pas vraiment un cadeau d'anniversaire qui te remplisse de joie et de gratitude.

Et alors ? *Après-demain, après-demain sans faute.*

« Mais demain tu viens, tu dois absolument venir, tu ne peux pas me laisser tout seul ! »

À cinq heures. On sera une vingtaine.

Moi, hier, j'ai vraiment eu de la peine pour Sonia.

Il fallait voir comme elle se réjouissait.

Pour la fête, et puis surtout pour le cadeau que lui a fait Fabio, à mon avis il a dépensé plus que mon salaire. Je dis ça en un sens hypothétique, parce qu'encore faudrait-il que j'en aie un, de salaire.

Et puis, toute la soirée, mots doux, bisous, gestes tendres, embrassades, au point que je ne savais plus où regarder, et elle qui resplendissait de sourires, de fait pour la première fois j'ai compris ce que le père de Fabio avait en tête, en disant que Sonia était un diamant brut, un compliment qui jusqu'à présent m'avait semblé assez déplacé.

Et alors ensuite Fabio me sort :

« Tu le vois, comme elle est heureuse ? Maintenant ça va être très dur. »

Évidemment.

Parce que comme lui est sur le point de la quitter, et a sa conscience qui le travaille, il fait des manières, il se trouble, et du coup il a l'air au summum de l'extase amoureuse ; ce qui, selon moi, est une chose absurde et malsaine.

Je peux comprendre la culpabilité, mais si tu as pris la décision de me défenestrer, mais que dans le même temps tu t'inquiètes tellement à l'idée de me faire mal, ne vaudrait-il pas mieux que tu me balances depuis le rez-de-chaussée, au lieu du cinquième étage ?

Bon, laissons tomber, quoi qu'il en soit aujourd'hui il me téléphone pour me dire :

« Je l'ai appelée. »

Alors moi :

« Et vous vous voyez quand ? »

Mais lui m'explique ensuite qu'il *n'a pas la force de lui parler en personne*, donc, histoire d'éviter le tête-à-tête, il est carrément parti de Rome, dans une espèce de ferme que sa famille possède à la campagne, du côté d'Olevano Romano.

Il s'est mis sous la tonnelle dans une solitude attristée, et après de nombreuses hésitations douloureuses, il a appelé Sonia sur son portable.

Moi, pour tout dire, je m'attendais un peu à ça, parce que lui est vraiment du genre, une fois parvenu à la conclusion, à ne pas affronter la situation, à s'y soustraire, car il n'est pas vraiment structuré pour supporter le poids psychologique d'une femme qui va peut-être se mettre à pleurer de désespoir, et encore moins d'une autre qui, par hasard, aurait une réaction différente, et se jetterait sur lui avant de mettre son appartement à sac.

« Bon, alors, ça s'est passé comment ? »

« Ça ne s'est pas passé, dit-il. Je n'ai pas encore réussi à lui parler. »

Parce qu'apparemment, quand Fabio a téléphoné, vers dix heures du matin, Sonia était totalement débordée, au point qu'il n'a pas réussi à dire un mot.

« Pardon, pardon, lui dit-elle tout essoufflée, là je ne peux pas te parler, ça t'ennuie si c'est moi qui te rappelle dans un quart d'heure ? »

Sur le moment, Fabio a été pris au dépourvu, au point qu'il s'est presque senti mal, ce qui est compréhensible, il avait préparé tout un discours avec arguments et contre-arguments, et voilà qu'elle lui raccroche pratiquement au nez, très gentiment, certes, mais c'est quand même déconcertant.

Bon, d'accord, tout ça s'est produit à dix heures et maintenant il est presque midi, ce qui veut dire que sept ou huit quarts d'heure ont passé, on n'a plus de nouvelles, on peut peut-être rappeler.

« J'ai essayé, dit-il, mais elle ne m'a pas répondu. »

À ce stade, étant donné mon tempérament, en admettant qu'il m'arrive de me trouver dans un cas pareil, je me tranquilliserais, et j'attendrais qu'elle soit en mesure de me rappeler et d'écouter ce que, de toute façon, je ne suis pas très impatient de lui communiquer, comme le prouve le fait que cela fait plus de quatre semaines que je prends mon temps et tourne autour du pot.

Mais Fabio, lui, me rappelle à treize heures quinze, avec la voix de quelqu'un totalement sous le choc :

« Sonia ne me répond plus au téléphone, je ne sais pas quoi penser. Je t'en prie, passe chez elle, va voir ce qui se passe. »

Puis il m'emballe tout un prétexte à présenter à Sonia, comme quoi j'aurais perdu je ne sais quel truc que j'aurais vraisemblablement pu oublier hier à la fête, là, chez elle, ce qui fait que je dois absolument le récupérer à temps pour un rendez-vous de travail en début d'après-midi.

Dans ce but, je fais sonner le téléphone de Sonia deux ou trois fois de suite, toujours avec le même résultat, à savoir qu'elle ne me répond pas plus qu'elle n'a répondu à Fabio, et il n'y a même pas de répondeur, mais seulement une voix féminine mécanique qui dit que *votre correspondant est actuellement indisponible.*

Je prends la ligne A du métro de Numidio Quadrato à Mattia Battistini, et puis le 146 et le 025 jusqu'à Boccea, et j'arrive en bas de chez Sonia vers quinze heures trente.

Je sonne à l'interphone quatre ou cinq fois mais personne ne me répond.

Étant donné que les fenêtres de son appartement donnent sur la cour intérieure, je n'ai aucun moyen de vérifier si elles sont fermées, ou peut-être seulement entrouvertes, ce qui voudrait dire que Sonia est sortie brièvement faire des courses.

« Ne bouge pas de là, me dit Fabio au téléphone, d'une voix pleine d'agitation. Je prends la voiture pour te rejoindre. »

Maintenant, à l'intention de ceux qui ne connaîtraient pas le quartier, il se trouve que rue Pantan Monastero, il n'y a même pas un bar minable comme celui de Torre

Spaccata ; ce qui explique qu'à peine une masse de nuages noirs s'amasse-t-elle au-dessus de ma tête, je commence sérieusement à m'inquiéter.

Et de fait quand, vers dix-sept heures, Fabio arrive en trombe dans la voiture de son père, je suis trempé de la tête aux pieds, et mon tee-shirt en coton s'est collé à moi avec un drapé dans le genre Vénus de Milo.

Par chance, à ce moment-là le premier être humain aperçu depuis une heure et demie dans le coin, en la personne d'une dame d'un certain âge chargée de paquets, et à l'amabilité digne d'un huissier de justice préposé à une expulsion forcée, est en train d'ouvrir la porte cochère.

D'une manière ou d'une autre Fabio et moi parvenons à nous glisser à l'intérieur sans lui laisser le temps de nous la claquer au visage, et à peine sommes-nous arrivés dans la cour et avons-nous levé les yeux vers le troisième étage que nous nous rendons compte que, quelles que soient les circonstances qui ont empêché Sonia de répondre au téléphone et qui la retiennent hors de chez elle, elle doit avoir prévu que celles-ci occuperont au minimum les cinq ou six prochains jours, parce que toutes les fenêtres et stores sont barricadés, et l'appartement a l'air d'un endroit où les plantes auront tout le temps de faner.

Malheureusement sa colocataire, une fille aux cheveux roux que j'ai personnellement vue une fois de dos, est actuellement à Boston pour un cours de je ne sais quoi, et donc elle ne pourrait nous fournir aucune information, même si on avait son numéro, ce qui n'est pas le cas.

Étant donné la splendide forme physique et morale que Sonia exhibait hier après-midi, avec Fabio nous sommes d'accord pour dire que rien ne laisse à penser à quelque chose de tragique, comme un suicide ou un autre événement du même genre, qu'il aurait pu être plausible de redouter pour demain, peut-être, si l'explication avait eu lieu, mais certainement pas pour aujourd'hui, vu que Fabio s'est contenté de dire *Sonia*, et rien d'autre, parce qu'elle lui a aussitôt cloué le bec en disant qu'elle était occupée, par ailleurs sur un ton affairé mais calme.

Après deux heures supplémentaires enfermés dans la voiture à monter inutilement la garde devant la porte de l'immeuble de Sonia, tandis qu'il continue à pleuvoir des cordes, chacun retourne chez lui de son côté.

Fabio en se tourmentant avec ses interrogations, et moi en me demandant comment il est possible que quelqu'un qui a l'occasion de ne pas faire une chose qu'il ne voulait pas faire s'afflige aussi douloureusement parce qu'il n'a pas pu la faire.

Ce qui s'est produit est une chose à peine croyable.

Après une semaine de surveillance en bas de chez Sonia, à laquelle heureusement pour moi je n'ai pas participé parce qu'entre-temps j'ai trouvé un petit boulot dans un bar de Centocelle, Fabio surprend la colocataire rousse de Sonia en train de rentrer chez elle, un matin vers neuf heures, très probablement directement depuis l'aéroport, parce qu'en effet elle traîne une énorme valise, et qu'elle a la tête de quelqu'un qui a passé la nuit recroquevillé sur un siège en classe éco.

Apparemment sur le moment elle ne comprend même pas la question, et elle le regarde avec des yeux que la fatigue et le sommeil rendent vitreux, avant de dire :

« Mais Sonia a déménagé la semaine dernière. »

À cet instant Fabio est, on le comprend, plus hébété qu'elle, ils se regardent pendant un moment sans savoir quoi ajouter, puis Fabio balbutie :

« Mais comment ça, déménagé ? Comme ça, brutalement ? »

« Non, dit-elle, pas brutalement. Ça fait plus d'un mois qu'elle a décidé de partir. »

En somme, voilà la situation : pendant la période où Fabio s'angoissait parce qu'il voulait la quitter, mais sans réussir à le lui dire, Sonia, simultanément, d'après ce qu'il est possible de déduire, a deviné que ça sentait le roussi. Peut-être en y réfléchissant, précisément lors de la soirée de mai à la robe multicolore et à la bouche flottant dans l'air.

Et, sans dire un mot, discrètement, elle a décroché les rideaux et les a accrochés ailleurs.

Où ça, impossible de le savoir.

« Tu comprends la ruse ? » me fait-il, presque en larmes, pendant que je lui sers sa quatrième bière.

Maintenant, à part le fait que j'aimerais bien ne pas perdre ce petit boulot, et donc que je ne peux pas laisser tomber les clients qui, ici, entrent et sortent continuellement, pour rester à écouter une nouvelle fois depuis le début ses lamentations, à part ça, dis-je, dans le cas présent je n'arrive vraiment pas à compatir et à ressentir beaucoup d'empathie.

Même, pour être sincère, plus j'y pense et plus, au fond de moi, je félicite Sonia, parce qu'il me semble que pour échafauder une vengeance aussi précise et parfaite que celle-là, il faut beaucoup de flair et un esprit machiavélique, et même, selon moi, du génie.

Ça me fait penser à ces films où, à la fin, l'action décisive se produit, la carte maîtresse qui renverse complètement la partie, et toi tu es du côté du héros de l'histoire, qui a trompé tout le monde sous son nez, même si le héros est un meurtrier multirécidiviste.

Alors ne parlons même pas du cas de Sonia qui, quoi qu'il en soit, en dehors de tout le reste, est une personne vraiment irréprochable et gentille.

En somme, le fait est que désormais il est désespéré, et qu'il l'aime *comme il n'a jamais aimé avant*, et il serait prêt à tout pour la ravoir : pas seulement à vivre avec elle, mais aussi à l'épouser à l'église en costume demi-tight et robe blanche à traîne, toute la famille et les tantes enchapeautées, et ensuite divers enfants et les fêtes qui vont avec, et les vacances en août à la mer sur la côte tyrrhénienne.

De toute façon, quelle que soit sa nature, la disparition ne pouvait pas durer éternellement, par conséquent, au bout de trois ou quatre semaines, on finit par avoir des nouvelles de Sonia.

Avec l'aide de ses amis et de ses parents, on parvient à savoir où elle est, c'est-à-dire dans l'appartement dont j'avais fait moi aussi la visite, cette occasion à ne pas manquer que Sonia, en femme avisée qu'elle a démontré être, n'a à juste titre pas manquée.

Mais de toute façon tout ça ne sert à rien, parce que se remettre avec Fabio, ça, il n'en est pas question, et lui, entre pleurs et bières, tôt ou tard devra s'en faire une raison.

En ce qui me concerne, toute cette histoire et son

dénouement absurde me donnent l'occasion de rappeler Elena, que je n'ai plus eue depuis cette soirée où nous nous sommes disputés à cause du fait que, selon elle, je tentais de justifier un ami qui se trouvait être, selon son jugement sans appel, *un être abominable et absolument indéfendable.*

« Échec et mat », fait-elle toute contente, quand j'achève mon récit des faits.

Maintenant, moi je suis d'avis que quand il y a au milieu de l'histoire une personne qui souffre, on devrait avoir le triomphe modeste, et cacher sa joie, mais ce soir je laisse courir, parce que par ailleurs je suis trop heureux de la voir et de m'être réconcilié, même si les termes de l'armistice sont plutôt en sa faveur.

Je suis juste déçu qu'on n'ait pas le temps de dîner, parce que Elena doit filer après l'apéritif, dans la mesure où elle a pris du retard avec sa thèse et veut absolument la rendre à son directeur d'ici la fin du mois.

« Ah, dit-elle avant de se lever, j'allais oublier de te donner ça. »

Et elle pose sur la table un petit paquet fabriqué à toute vitesse avec du papier journal qui, quand je l'ouvre, se révèle une collection de soldats de plomb de la Première Guerre mondiale que j'avais laissée chez elle.

Je ne crois pas qu'il soit besoin de préciser qu'il s'agit d'un geste intentionnel, à la différence des chaussures ou de l'après-rasage, à savoir un cadeau que j'avais pensé lui laisser parce qu'elle disait toujours que ces petits soldats étaient merveilleusement fabriqués, *avec un grand soin apporté au détail*, et que ça l'amusait de les regarder, parce qu'elle finissait toujours par découvrir quelque chose qu'elle n'avait pas remarqué, la gâchette d'une carabine ou la boucle d'un ceinturon.

Peut-être aurais-je dû le lui dire à l'époque, mais moi je suis comme ça : quand je fais un cadeau, je ne dis jamais *tiens, je t'ai fait un cadeau*, je fais toujours semblant que c'est une chose comme ça, qui m'est tombée entre les mains, ou bien, comme dans ce cas précis, que j'ai oublié de la récupérer.

Et alors il arrive que l'autre en face parfois ne comprenne pas, et par voie de conséquence qu'il ne remercie même pas, ce qui moi en définitive me convient, et c'est précisément la raison pour laquelle j'opte de préférence pour cette modalité.

Et donc, je prends le petit paquet et je dis :

« Merci. »

Et puis :

« Salut, on s'appelle », en lui tendant la main, ce qui est un geste ridicule et me fait me sentir stupide, je me demande si peut-être un baiser sur la joue n'aurait pas été mieux.

Mais désormais il est trop tard, parce qu'elle est déjà en train de s'éloigner, avec son sac à dos sur l'épaule et son casque intégral qui recouvre presque entièrement ses cheveux.

Le cueilleur de champignons

Interlude pour voix masculine

Quelle belle maison. Quelle belle fête.

Les vastes pièces, avec leurs hauts plafonds à caissons, se succèdent sans inutiles embranchements de vestibules ou étroits couloirs, le long desquels les nombreux invités risqueraient de s'entasser.

Avec quelle allègre désinvolture nous nous déplaçons au contraire d'une pièce à une autre, en franchissant d'immenses portes en bois peint, grandes ouvertes sur des décors toujours différents, dans une succession qui surprend, sans troubler l'harmonie.

Les lieux, déjà splendides, ont été décorés pour l'occasion avec un goût vraiment raffiné, pas de couleurs voyantes, pas de festons tape-à-l'œil.

Sur l'argent opaque des plateaux, que des serveurs impeccables font tourner avec discrétion, scintillent légèrement, en tintant, de fins verres de cristal ; de merveilleuses compositions de tartines et de canapés sont disposées sur des tables basses dans chaque angle des pièces.

La lumière des énormes lustres a été dosée avec une science admirable, en vue d'intensifier de manière seulement imperceptible celle des nombreuses bougies disposées çà et là dans de sobres chandeliers en métal bruni, en sorte que nous puissions nous reconnaître sans effort, tout en nous montrant aux uns et aux autres sous notre meilleur jour.

Une musique qui semble venir de loin, qui sait d'où ?, accompagne les conversations calmes et agréablement animées, sans les recouvrir, et tous, nous nous sentons parfaitement comblés.

Être ici, nous en sommes conscients, est un extraordinaire privilège, que toutefois chacun de nous a l'impression orgueilleuse de mériter.

En ce qui me concerne, la soirée magnifique, les dames élégantes et le vin excellent m'ont mis dans un état de rêveuse euphorie.

Beaucoup de choses excitantes pourraient encore se produire avant l'aube, qui est probablement en train de s'approcher, pour autant que le ciel couvert de nuages nous le laisser deviner.

Des attentes joyeuses, quand bien même indéfinies, me donnent envie d'explorer ce lieu, où chaque angle dévoile une nouvelle, une séduisante surprise.

Et voici, de fait :

dans le salon gris-bleu, la grande porte-fenêtre à carreaux vitrés s'ouvre inopinément sur une magnifique terrasse, où les branches de plantes somptueuses et insolites surplombent des sièges en pierre, créant une suggestive atmosphère d'exotique intimité, à laquelle il est impossible de résister.

Je me trouve là depuis quelques minutes, ou peut-être une demi-heure, quand…

Je sais que personne ne me croira.

Sans aucun doute on me dira que le contact avec la surface rugueuse du banc sur lequel je suis assis, et les grandes feuilles sombres, et l'humidité de la nuit au début de l'automne, par affinité, ou par analogie… rocher, et forêt, et mousse… certes, je ne veux pas le nier, il pourrait aussi s'agir – pourquoi pas ? – de suggestion, oui, peut-être.

Le fait est que dans la pénombre je reconnais tout à coup la physionomie impossible à confondre du solitaire cueilleur de champignons.

Il ne peut s'agir de quelqu'un d'autre.

Là, à intérieur, dans ces grandes pièces, j'ai vu, c'est vrai, quelque extravagant inconnu.

J'ai un souvenir précis, par exemple, d'un homme grand portant un noir chapeau mou, et aussi d'un vieux monsieur vêtu d'un manteau en toile, mais sans aucun doute personne ne portait, comme cet homme rôdant entre les plantes, de grosses chaussures couvertes de boue, personne ne marchait d'un pas précautionneux, le regard baissé et attentif, appuyé sur un long bâton, ou un petit couteau à la main, ou portant carrément, suspendu à son bras, un petit panier cylindrique.

Vous êtes libres de ne pas me croire, naturellement.

Je fais seulement remarquer qu'en général, je ne suis

pas un visionnaire. Je concède aux rêves juste assez de place pour conférer à une vie, dans l'ensemble plus que satisfaisante, un frisson supplémentaire.

Et pourtant le cueilleur de champignons est là, devant moi.

Et même si lui ne manifeste aucunement qu'il remarque ma présence, moi je suis absolument certain de le voir.

La chose est étrange, je l'admets.

Je sais parfaitement que la terrasse d'un appartement ancien dans le centre historique d'une ville surpeuplée a beau être vaste et déborder de plantes luxuriantes, elle n'est pas pour autant une forêt de châtaigniers ou de hêtres, qu'un sol en pierre n'est en rien un sous-bois, que les sièges et les bancs sont des sièges et des bancs, et certainement pas des rochers couverts de mousse. Mon Dieu, je n'ai pas bu au point de perdre complètement contact avec la réalité !

Mais oui… que l'on pense à cela :

le solitaire cueilleur de champignons a pour lui le fait incontestable que nous avons eu dix jours de pluie ininterrompue et sans vent, que la température s'est maintenue de manière constante autour de vingt degrés et que, par conséquent, avec un peu d'obstination et de chance, à demi dissimulés entre les feuilles rouge et or…

Il s'agit là d'arguments que, selon moi, on aurait tort de sous-évaluer.

Il y a, par contre, autre chose que je n'arrive pas à m'expliquer.

Un sentiment pénétrant, inquiétant, persistant, qui

pourrait être de la nostalgie, mais aussi une aiguë, une douloureuse attente.

De quoi ?

Je me le demande, mais je ne connais pas la réponse.

C'est juste que j'ai l'impression – et le confie dans un murmure – qu'il y a beaucoup à apprendre du solitaire cueilleur de champignons.

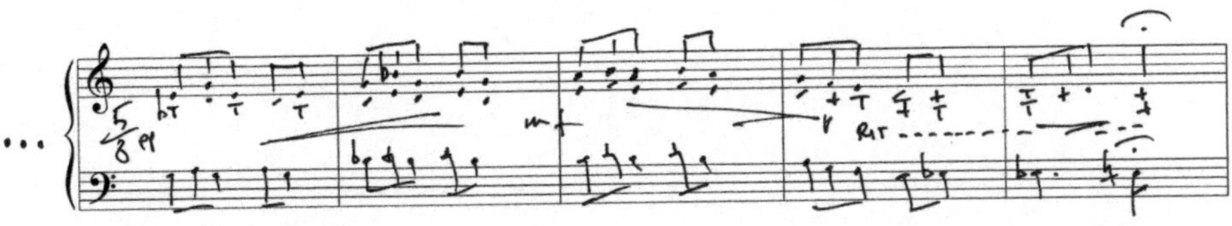

À contrecœur

Confessions d'une fille

Il dit que ça pourrait me faire du bien.

Il dit que peu importe la manière dont je raconte les choses, dans l'ordre chronologique ou dans le désordre.

Il dit que l'important est de ne pas tout garder à l'intérieur de soi.

Mais la première fois que j'ai essayé, je me suis retrouvée à parler exclusivement d'elle pendant cinquante minutes.

Et alors, lui me sort :

« On va faire une chose, vous, ici, vous pouvez parler absolument de tout, sauf de Betta. »

Et voilà, aujourd'hui je m'étais encore promis de ne pas la nommer, mais je devais quand même citer le pacte, et donc je l'ai nommée, et donc j'ai rompu le pacte. Mais juste pour expliquer qu'il y avait un pacte, et quel était ce pacte : ne pas nommer… Betta.

Je repars de là.

Par exemple : je suis en train de faire la queue quelque part, mettons dans un magasin, un grand magasin *d'alimentation…* je ne sais pas s'il était nécessaire d'ajouter *d'alimentation*, c'est un de mes problèmes : quand je parle, ou quand j'écris, je ne sais jamais ce qu'il est nécessaire de dire et ce qui est superflu, la langue est vraiment trop vaste, comme les menus de certains restaurants touristiques un peu vulgaires, et moi de fait je ne sais jamais quoi choisir, si bien qu'en général je procède au hasard, ou bien je commande ce que vient de commander mon voisin de table.

Quoi qu'il en soit pour moi ça n'a pas d'importance, chacun reste libre d'imaginer le magasin de son choix, à condition qu'il soit très grand et envahi par une foule de clients.

Quelqu'un, mettons qu'il s'agisse d'une dame, une dame avec un gros cabas et des cheveux gris à la coupe approximative, voilà, cette dame est en train d'attendre son tour quelques mètres devant moi, et à un moment elle se retourne, sans raison précise, me reconnaît, et me salue avec un grand sourire.

Moi sur le moment j'ignore qui c'est, mais ça ne veut pas dire grand-chose, parce que je ne suis pas particulièrement physionomiste.

Ce n'est pas que les gens ne m'intéressent pas, non, je crois que ça aussi, ça s'explique par un autre de mes problèmes : pour moi chaque personne est, avant tout, quelqu'un qui veut me mettre à l'épreuve, comme une énorme énigme, pleine de menaçants et inconnus et invisibles leviers et boutons dont je ne me rappelle jamais le fonctionnement, si bien que j'ai toujours peur, en actionnant les mauvais boutons, qu'il en découle des conséquences terribles.

Et alors la conscience du danger engendre en moi un immédiat état de panique, qui rend absolument impossible l'identification du sujet qui se trouve en face de moi.

Quoi qu'il en soit, il arrive souvent que je ne reconnaisse pas les gens, surtout s'ils se trouvent en dehors de leur contexte habituel, et pour ce que j'en sais, cette dame aux cheveux gris pourrait justement se trouver en dehors de son contexte habituel, vu que je n'ai aucune idée de ce que pourrait être son contexte, d'autant plus que, dans ce cas spécifique, il s'agit d'une dame hypothétique, si bien que je me demande s'il était vraiment indispensable de préciser qu'elle a un cabas et les cheveux gris.

Peut-être suffirait-il de dire qu'elle s'est tournée, m'a vue, et est en train de me saluer.

Moi je réponds au salut, en cherchant à reproduire le degré de cordialité qu'exprime son sourire de la manière la plus élémentaire, c'est-à-dire par un sourire tout aussi cordial.

De loin la dame (comme nous tous, elle ne veut pas perdre sa place dans la queue) dit quelques mots que je ne réussis pas à saisir. Alors j'essaie de lui faire comprendre par gestes que malheureusement je n'entends pas, parce que nous sommes trop éloignées, et dans le magasin règne un grand vacarme, mais la dame continue à parler comme si de rien n'était.

Mes voisins me voient sourire et gesticuler, au début ils me regardent avec indifférence, puis embarras, jusqu'à ce que je me rende compte (dans la meilleure des hypothèses personne ne m'a tapé sur l'épaule pour signaler ma bévue) que la dame était en train de parler avec la personne derrière moi – je dirais qu'à la description de son aspect nous pouvons surseoir.

Voilà, c'est le genre de choses qui m'arrivent.

Une autre chose qui m'arrive souvent est la suivante. Tablée. Discours qui s'entremêlent, rires.

J'ai envie de placer un mot, qu'il s'agisse d'un souvenir, ou d'une anecdote qui me semble pertinente, mais je dois attendre que le vacarme autour de moi fléchisse, si je veux que les autres entendent. Mais chaque fois que j'essaie de me lancer, la vague pleine d'écume des voix et des rires me repousse en arrière ou me submerge.

Tout le monde dit que je suis timide.

C'est peut-être vrai, mais en tout cas mon opinion est que la timidité n'explique pas tout. Ni les problèmes que j'ai mentionnés, ni les nombreuses autres choses dont je voudrais parler, si je parviens à établir dans quel ordre il convient de les nommer, pour qu'elles soient compréhensibles et forment un ensemble cohérent.

Que je sois timide, ma famille le dit, et mes amies aussi le pensent.

Des amies, j'en ai essentiellement cinq : outre Betta, il y a Anna Maria, Esmeralda, Patrizia et Gabriella, toutes à l'école avec moi depuis la primaire.

Sauf Betta, que j'ai connue l'été, pendant mes vacances à la mer, il y a cinq ans.

Je jure que j'avais l'intention de l'exclure momentanément de ma description, mais la voici qui rentre ici de force, m'obligeant à préciser que, dans une certaine mesure, elle aussi fait partie du groupe.

Et selon moi cette manière qu'elle a de faire son entrée de force n'est pas un hasard.

Il faudrait réussir à tenir fermement par la bride même les chevaux les plus fougueux, c'est certainement ce que ferait un narrateur expérimenté ; moi, au contraire, je commence à peine mon récit qu'aussitôt les personnages me prennent la main, ils ont leurs exigences et leurs appétits, et moi, à certaines personnalités très fortes, je ne sais pas comment résister.

Quoi qu'il en soit, c'est moi qui ai introduit Betta dans notre groupe.

Ça a été une décision difficile parce que, selon mes calculs, il y avait certes de nombreux arguments en sa faveur, mais aussi une forte contre-indication.

Les arguments en sa faveur, les voici : Betta est belle, brillante et désinvolte.

Toutes ces qualités, ainsi raisonnais-je à l'époque, il y a environ trois ans, auraient indirectement joué sur la considération que les autres filles avaient pour moi, parce que j'aurais présenté Betta comme mon amie, et vu que, dans l'amitié, il existe toujours un certain degré de réciprocité, elles auraient été conduites à supposer que les évidentes qualités de Betta reflétaient mes qualités propres, ces dernières, jusqu'à cet instant, ne s'étant peut-être pas révélées aussi manifestes, même si désormais on pouvait s'attendre à les voir émerger.

Une espèce de reconnaissance de dette, en résumé, avec Betta comme garante.

Quant à la contre-indication, la voici : la relation privilégiée que j'avais avec Betta aurait pu être mise en danger par l'apparition des autres amies. Cela pouvait se produire tout de suite, dès leur rencontre, ou bien progressivement, avec le temps ; si, par exemple, l'admiration que Betta allait fatalement susciter, au lieu de se traduire en une augmentation de la considération du groupe à mon égard, révélait à Betta sa supériorité, faisant chuter son intérêt pour moi.

On ne peut jamais prévoir avec certitude comment certaines choses vont se passer.

Au contraire, tout compte fait, je dirais que ça a fonctionné.

Peut-être parce qu'aucune fusion, aucun amalgame ne se sont produits : il y a le groupe, il y a moi, dans le groupe ou à l'extérieur, en fonction des nécessités ou des circonstances, et il y a Betta, qui n'appartient pas vraiment au groupe – je dirais que c'est son choix –, au sens que c'est comme si elle et les autres ne parlaient pas vraiment la même langue, si bien que moi, en définitive, j'ai conservé mon rôle, en y ajoutant celui de traductrice ou de messagère entre Betta et les autres…

Je l'ai fait, je le sais.

Je l'ai nommée à de nombreuses reprises.

Mais je le revendique, c'est mon droit.

Je ne suis pas dans le cabinet d'un psychanalyste, je suis dans un espace à moi, et j'y fais entrer qui je veux, il n'y a pas de pactes à respecter.

Mais soudain le soupçon m'effleure que ces prémices sont totalement inutiles.

Je suis incapable d'arriver à la conclusion.

Certaines personnes que je connais, mes amies par exemple, ne se laisseraient pas abattre, garderaient le contrôle. Elles effaceraient tout ce qui vient d'être écrit et repartiraient de zéro, en éliminant tous les passages inutiles, en corrigeant les erreurs.

Pour moi ce n'est pas aussi simple.

Imaginez un point de côté lancinant, on croirait une blessure qui s'ouvre, il en gicle du sang en abondance et il est impossible de la refermer, si bien qu'on se sent de plus en plus faible, presque au bord de l'évanouissement…

Actuellement je ne sais pas bien où je me trouve.

Même en admettant qu'au départ je sois en possession d'un billet en règle pour un trajet déterminé, avec différents arrêts intermédiaires et une gare d'arrivée, je suis certainement montée dans le mauvais train et je suis descendue je ne sais où, probablement au milieu du parcours – un incident sur la ligne, ou peut-être un feu rouge – loin des habitations du centre, dans un endroit inconnu, au milieu des quais, la nuit, aucun panneau, ni passage souterrain, tout autour de moi sombre et silencieux, et le train s'éloigne dans un bruit de ferraille et moi je reste là, toute seule, et je ne sais pas où aller.

Mais descendre était quand même une bonne idée. Mieux vaut ça que voyager vers une destination inconnue, entassé dans un compartiment étouffant, qui déborde de paroles inutiles. À chaque petite gare, de nouvelles paroles jacassantes qui montent en jouant des coudes, en s'agglutinant, en se bousculant sans aucune dignité.

J'y mets un silence d'une nuit, et je repars.

La chose est née comme une plaisanterie, et donc sur le moment il ne me semblait pas opportun de résister, je ne voulais pas me montrer peu sportive.

Après quoi, il était déjà trop tard.

Au début, vraiment, je comptais sur Betta, qui donnait l'impression de ne pas vouloir en entendre parler.

En outre la tête me tournait, parce qu'elle était pleine de sensations et de souvenirs qui à tout moment remontaient à la surface, comme quand on a mangé quelque chose qu'on n'arrive pas à digérer… mais je ne sais pas si c'est un bon exemple, parce que c'était un état extrêmement agréable, comme l'ébriété, ou une torpeur plaisante, dont on s'extrait péniblement pour ne pas être à la traîne, avant d'être à nouveau submergé à ne plus pouvoir rien faire.

Pour bien l'expliquer, je devrais l'écrire en musique.

Il y aurait le serveur, dépourvu de traits, de carrure, de couleurs, qui hurle :

« *Capricciosa* sans champignons ! *Capricciosa* sans champignons ! » par-dessus le vacarme des voix.

Et, simultanément, sur une autre portée, moi qui entends et vois Giovanni, et nos baisers, et puis imagine demain, et je réentends ses paroles, tandis que les autres instruments, à savoir Anna Maria, Betta, Esmeralda, Patrizia, Gabriella et le serveur continuent, chacun avec son timbre caractéristique, *Qui a commandé la* Capricciosa *sans champignons ? Pas moi… pas moi…*

Et, au-dessus et au-dessous de la partition, toujours Giovanni qui m'embrasse sur le cou, et un frisson long et chaud, tandis que je souris en regardant autour de moi, l'air parfaitement consciente de tout, alors que l'impatience du serveur ruisselant de sueur est à peine un fragment du présent, qui me transporte immédiatement, par analogie, à nous deux en sueur cet après-midi-là, des caresses et de nouveaux baisers, et Betta qui finit par dire :

« Je crois bien que c'est toi qui l'as commandée. »

Et toutes éclatent de rire, et moi je rougis, et Giovanni disparaît un instant, seulement un instant, le temps pour moi de dire :

« Désolée, j'étais distraite », et toutes qui éclatent encore de rire, et Anna Maria qui commente :

« On s'en était rendu compte », et un nouvel éclat de rire, et revoilà Giovanni au centre de la scène, désormais visible pour toutes, même si aucune d'entre elles ne l'a rencontré.

À ce stade il aurait suffi de dire… j'ignore quoi.

Parce que voilà un autre de mes problèmes : je n'ai pas la repartie facile, et je n'ai pas le sens de l'humour.

Je veux dire, je suis comme quelqu'un qui longe un couloir et se retrouve devant une porte. Soudain il entend des pas derrière lui, il croit qu'on le suit, il panique et ne parvient pas à l'ouvrir. Il essaie, encore et encore, mais la porte a l'air fermée à clé, alors que c'est seulement une impression, il suffirait de tourner la poignée et ça serait bon, la repartie spirituelle sortirait sans aucune difficulté.

Il s'agit d'un obstacle mental, en somme, qui pourtant sur le moment est insurmontable, et l'on sait que l'humour est précisément question de rythme, ça va très vite, on n'est pas censé prendre son temps.

À ce sujet, je crois que quelque chose s'est bloqué il y

a longtemps, à l'époque où j'étais une enfant grosse et que du coup tout le monde s'attendait à ce que je sois drôle.

Je sentais cette attente chaque fois que je parlais, chaque fois que je bougeais. Je n'ai jamais réussi à transformer ma maladresse en facteur comique.

Trac avant la représentation, je pense.

J'ai commencé à maigrir à l'adolescence, fondamentalement, selon moi, pour échapper à cette attente.

Maintenant que je suis maigre, et même plutôt jolie, les choses vont nettement mieux.

Mais indubitablement, la chance que j'ai eue a été ma rencontre avec Betta…

Vaut-il vraiment la peine de constater une fois de plus que j'ai écrit son nom à de nombreuses reprises ?

Associations libres, ne pas se soucier de l'ordre logique ou chronologique, comme on l'a dit.

Mais quel sens cela aurait-il de changer de trajet chaque fois que le cours de mes pensées me conduit à tomber sur Betta ?

Maintenant, par exemple, il ne pourrait en être autrement, parce qu'à la fin de la soirée, juste après minuit, on est en train de rentrer chez nous ensemble.

Betta et moi habitons à quelques centaines de mètres l'une de l'autre. On l'a découvert seulement après notre rencontre à la mer, et j'y ai toujours vu une heureuse coïncidence et peut-être un signe, comme si le destin avait décidé qu'on devait continuer à se fréquenter même après la fin des vacances.

« C'est une idée vraiment stupide », dit Betta après un silence.

Sur le moment, je ne comprends même pas de quoi elle parle.

Je suis en train d'observer son ombre élancée et harmonieuse, projetée devant nous sur le trottoir. À la mienne, plus petite, et enveloppée dans un manteau un peu trop volumineux, je jette à peine un coup d'œil – je fais pareil avec les miroirs, un coup d'œil rapide et *basta*, j'ai toujours peur de voir quelque chose qui ne me plaît pas.

Puis je comprends, et je suis un peu étonnée, voire déconcertée, il m'avait semblé que Betta, à table, avait déjà liquidé le stratagème d'Esmeralda, réduit à une idée risible et puérile, et je pensais – j'espérais – qu'on en avait fini avec le sujet.

Elle ajoute :

« Tu veux vraiment faire une expérience de ce genre ? »

Rewind.

Je reviens mentalement dans la pizzeria.

Voix, vacarme, serveur impatient et en sueur. Vertige de baisers et de caresses et de mots chuchotés. J'émerge à nouveau, juste à temps pour réclamer ma *Capricciosa* sans champignons.

Éclats de rire.

J'ai beau faire un effort, je suis incapable de me rappeler l'allusion ou la blague qui peut avoir déclenché l'interrogatoire chaotique et taquin auquel je me trouve soumise. Mais je dirais que je peux exclure que c'est moi qui l'ai prononcée, et aussi Betta, dont je n'ai pas oublié, en revanche, le sourire ironique, ou peut-être seulement énigmatique, que de fait je n'arrive pas à interpréter, ignorant s'il s'agit d'un encouragement, ou bien, au contraire, d'une invitation à être sur mes gardes.

Peut-être que c'était Anna Maria.

Ou peut-être Gabriella.

Puis Esmeralda dit :

« Il faudrait le mettre à l'épreuve. »

Et alors, un entremêlement de suggestions et autres rires et inventions de machinations et stratagèmes, jusqu'à ce que Betta dise, citant l'Arioste, notre passion commune :

« Il serait bien fou celui qui, sans intention de trouver, chercherait... »

Puis elle explique que, selon elle, aucun homme n'est réellement capable de résister aux assauts d'une femme séduisante, habile et déterminée, même s'il est amoureux d'une autre et décidé à lui rester fidèle.

Jusque-là, comme je l'ai déjà dit, le ton est celui de la plaisanterie, et ça ne me touche pas plus que ça, la seule chose qui me dérange, c'est que les souvenirs et les sensations (moi et Giovanni enlacés cet après-midi, en sueur) commencent à se décolorer, à perdre en intensité.

Puis la plaisanterie devient une discussion assez animée, presque une dispute – mais certainement pas dramatique – entre deux factions : celles qui ne croient pas à la fidélité masculine (parmi lesquelles Betta), et celles qui au contraire pensent qu'un homme vraiment amoureux est capable de résister à toute tentation.

Moi je me rallierais volontiers à cette deuxième faction, mais je ne le fais pas, pour deux raisons : la première est que je n'aime pas m'opposer à Betta, et la seconde, que la faction la plus romantique est aussi la plus acharnée dans sa volonté de prouver qu'elle a raison, tandis qu'au contraire les plus sceptiques et rationnelles tiennent toute démonstration pour absolument superflue.

Il se peut que mon adhésion proclamée aux opinions des plus sceptiques rende un son trop mou et incertain.

Le fait est que quelqu'un (peut-être Esmeralda elle-même) insinue que si je ne veux pas soumettre Giovanni à l'épreuve qui est proposée – dont les détails se précisent durant la discussion –, c'est moins en raison de mes convictions générales désabusées sur la fidélité masculine, que par manque de courage, c'est-à-dire parce que je ne me sens pas de courir le risque – par ailleurs très faible, selon l'opinion de la faction résolument romantique.

Je pense m'être suffisamment décrite, il devrait être aisé de deviner que je ne suis pas du genre compétitif.

Les défis ne me stimulent pas, j'ai plutôt tendance à les laisser tomber, je me fiche que les autres se sentent supérieures à moi, j'aime ne pas susciter de jalousie ni d'envie, j'aime me sentir inoffensive.

Je dois quand même ajouter qu'il m'arrive de rêver qu'une bête sanguinaire et féroce a pris possession de ma chambre à coucher. Je m'approche de la porte et je la sens qui s'agite, famélique, avec des rugissements terrifiants.

Je me réveille de ces rêves avec un étrange sentiment d'euphorie, mêlé à la terreur, et en général il me faut une bonne demi-journée pour reprendre mes sens.

Si je le raconte, c'est parce que je sais qu'il pourrait y avoir un fossé entre mon caractère et mes actes.

Juste pour faire comprendre que la description que les autres font de moi et celle que je fais de moi-même ne sont pas nécessairement…

Mais mieux vaut s'en tenir aux faits, à la pizzeria, après les rires et la plaisanterie d'Esmeralda, et le débat qui a suivi.

Il y a cette insinuation qui est, en effet, une provocation en bonne et due forme de la part d'Esmeralda, mais je pourrais aussi me tromper.

Comme j'ai tenté de l'expliquer, je peux tranquillement m'abstenir, confrontée à ce genre de défis, en faisant comme si de rien n'était.

Sauf que là, il y a Betta au milieu.

Parce qu'à un moment, tandis que la conversation esquisse progressivement le portrait de la jeune fille qui pourrait servir d'appât pour le piège que nous sommes en train d'imaginer, il s'avère que c'est le portrait craché de Betta, pas seulement parce que Betta est belle, fascinante et intelligente, mais aussi parce que la relation d'amitié qui la lie à moi est tellement solide et profonde que tout risque réel est à exclure.

Elle, sans aucun doute, saurait s'arrêter immédiatement *au-delà de tout doute raisonnable*, il va de soi qu'elle n'irait pas plus loin, et en outre son affection pour moi garantirait le caractère absolument véridique de ses comptes rendus…

Non, ne pas… C'est carrément… ça me semble absurde.

Il dit que ça pourrait être entièrement faux.

Ce que j'ai écrit jusque-là.

C'est-à-dire que je pourrais avoir transformé les faits.

Même si ce n'est pas intentionnellement, consciemment.

En particulier la partie concernant cette nuit, tandis que Betta et moi nous rentrions chez nous ensemble. Il se pourrait, concrètement, qu'il ne soit pas vrai que Betta ait relancé le débat, en disant de but en blanc, *ça me semble une idée vraiment stupide*, comme je l'ai rapporté juste avant.

Et même, ce serait moi qui aurais à nouveau proposé l'idée introduite par Esmeralda au dîner, et que la réplique de Betta serait arrivée après seulement, comme un commentaire, par ailleurs plutôt rude et définitif.

Il s'agirait, en résumé, d'un faux souvenir.

J'ai lu qu'à la Northwestern University d'Evanston, dans l'Illinois, ils sont en train d'étudier la possibilité d'insérer de faux souvenirs dans l'esprit des gens pendant leur sommeil.

Et que, abstraction faite de ces périlleuses expérimentations scientifiques, il existerait une faculté de ce genre en chacun de nous, et la fréquence et l'intensité de ces insertions de souvenirs fictifs varieraient selon le degré de satisfaction qu'un individu a la capacité de retirer de l'expérience réelle.

Moi je ne sais pas quoi en penser.

Quoi qu'il en soit, il n'y a aucune raison de croire que la phrase de Betta, *ça me semble une idée vraiment stupide*, indépendamment du moment où elle l'a effectivement prononcée, ait été d'une quelconque manière fausse, et par conséquent nous pouvons la supposer vraie.

En tout cas cette version des faits, dont la fiabilité reste entièrement à démontrer, ne peut faire simplement l'objet d'un récit.

Je veux dire, un récit en mots.

Parce que les mots, il me semble l'avoir déjà dit, on est obligé de les aligner soigneusement les uns derrière les autres, en file indienne, et comment une ligne pourrait-elle décrire l'espace ? Et alors on avance péniblement sur ses rails, en prenant garde de ne pas dérailler, et pendant ce temps les choses sont partout, tels des papillons qui volettent de-ci de-là, et donc à quoi sert-il que je...

Il dit que malgré tout je dois essayer.

Il dit que c'est important.

Il dit, même, que c'est carrément fondamental.

Mais alors, si je veux tenter de raconter les choses comme elles sont, les mots que Betta et moi on a échangés, quels qu'ils soient, ça ne suffit pas.

Je dois y mettre tout le reste.

Nos ombres projetées sur le trottoir, dont j'ai déjà fourni une incomplète description, la nuit, le bruit de nos pas, et puis d'autres sons autour, la manière dont nous sommes habillées, le froid, la pharmacie avec sa croix verte et sa lumière intermittente, deux passants témoignant de la curiosité uniquement envers Betta, un immeuble avec un hall d'entrée sordide, des pensées, des taches d'huile sur l'asphalte, des scooters.

Mais tout ensemble, surtout pas une chose à la fois.

Comme une symphonie.

La réponse de Betta, de toute façon, est définitive.

Et moi, ça va de soi, je n'insiste pas, ça, je peux l'affirmer avec une certitude absolue.

Pas en m'appuyant sur des souvenirs, dont ici on remet en cause l'authenticité, mais en me servant d'un argument qui est absolument irréfutable : quand Betta dit qu'une chose est stupide, c'est une sentence sans appel et péremptoire.

Elle te regarde dans les yeux, pas à la surface, mais comme *au fond* des yeux.

Et son regard ne se contente pas d'accompagner les mots, mais plutôt, il les *escorte*, et pendant un moment il reste là pour surveiller qu'ils sont arrivés à destination sans encombre, sans rencontrer d'obstacles.

Par conséquent personne ne se risquerait à les contester, ce serait comme provoquer Betta en duel, et en ce qui me concerne, je crois qu'il est désormais très clair qu'il s'agirait là de la dernière chose que j'aurais envie de faire.

En admettant, donc, que les choses se sont produites comme je viens de le dire, à savoir que moi, obéissant à de mystérieuses pulsions, j'ai spontanément réintroduit le thème du piège et reproposé à Betta de servir d'appât, il n'y a pas de doute sur le fait que sa réponse et son regard m'ont définitivement dissuadée de tenter une nouvelle fois de la mêler à la manigance que nos amies s'étaient amusées à inventer.

Il est probablement totalement inutile de raconter comment on s'est dit au revoir devant la porte de mon immeuble, que j'ai ouverte non sans peine car la clé fonctionne mal, et puis j'ai fermé derrière moi, puis j'ai rouvert quelques secondes plus tard pour regarder Betta s'éloigner lentement, comme si elle se promenait parmi la foule par une belle journée de soleil, au lieu de rentrer chez elle, seule, par une nuit plutôt froide.

J'ignore s'il est nécessaire de dire que j'ai compté les marches du rez-de-chaussée au troisième étage, d'ailleurs je le fais systématiquement, même si leur nombre ne peut varier, sinon sous l'effet d'une distraction, ce qui est justement ce qui s'est produit cette fois-là, et alors j'ai dû recommencer, descendre et remonter, jusqu'à ce que j'en aie compté exactement soixante-six.

Si l'on fait exception d'un maudit grelot chinois que ma mère a suspendu à la porte pour signaler mon retour, et qui de fait la réveille, et des deux mots qu'elle et moi échangeons de loin pour nous dire bonne nuit, il me semble qu'il n'y a rien d'autre à dire, à part une certaine fatigue, et le fait étrange et triste que les sensations tellement fortes de l'après-midi avec Giovanni ont perdu de leur éclat, se sont définitivement fanées, comme si elles avaient été plongées pendant des heures dans un bain de javel.

Je passe directement à cela.

D'innombrables couloirs et recoins, mal éclairés et plutôt étroits, comme une espèce de château sombre et en ruine, et dans le jardin du château une femme qui ressemble à une gitane, mais aussi un peu à Esmeralda, avec de longs cheveux roux et bouclés (*Esmeralda, gitane...* il y aurait peut-être là une référence à explorer), et cette gitane veut absolument me vendre un long collier, et moi je finis par me laisser convaincre de l'essayer, mais quand je veux l'enlever il m'est impossible de m'en libérer, il est devenu très lourd, et les mailles de la chaîne se sont emmêlées aux pendentifs qui ont la forme de petits becs.

Alors je m'enfuis en courant, terrorisée, et Giovanni me dépasse sans me reconnaître, peut-être ai-je changé d'aspect, peut-être ne suis-je plus moi-même.

Je l'appelle, mais de ma bouche, au lieu de sons, sortent des plumes jaunes et blanches, aussi douces et petites que des plumes de poussin, et Giovanni s'éloigne d'un pas allègre, sans faire attention à moi, et il sourit à quelqu'un que je ne vois pas.

Pas le rêve habituel de la bête assoiffée de sang barricadée dans ma chambre, donc, mais une chose différente qui, pour une raison quelconque, me conduit le lendemain à me disputer avec Giovanni.

C'est pourquoi, au concert, je refuse d'aller.

Et j'oublie complètement que j'ai donné rendez-vous à Betta sur l'esplanade devant le centre socioculturel où lui doit jouer, et où je comptais justement le présenter à Betta.

Pourquoi est-ce que je ne réponds pas au téléphone ? Parce que je suis en train de dormir : à vingt heures trente je tombe de sommeil, et je m'étends sur le lit pour récupérer de ma nuit d'hier trop courte et interrompue plusieurs fois, dans ce labyrinthe de couloirs et de recoins remplis d'angoisse et d'ombres menaçantes derrière chaque angle.

Mais à deux heures moins le quart je me réveille brutalement, et je fais aussitôt un saut au centre socioculturel, qui maintenant me semble beaucoup ressembler au château sombre de la nuit précédente.

Je m'arrête sur l'esplanade pour attendre.

Et quand je les vois sortir parmi tant d'autres, jeunes hommes et jeunes filles qui ont l'air parfaitement à leur place, lui légèrement étourdi qui répond aux saluts et ajuste sa guitare sur l'épaule, et elle un peu à l'écart, avec les mains dans les poches de son manteau, qui observe tout le monde à sa manière lointaine et pénétrante, il me vient naturellement de me cacher derrière une poubelle, et depuis ce poste d'observation de les regarder s'éloigner, Betta et Giovanni.

Jusqu'à ce qu'ils tournent dans une ruelle latérale, où je réussis très bien à les imaginer, sous les arbres, qui cheminent tout proches, en parlant à voix basse.

La traductrice remercie Adelchi Ghezzi, Enrico Ghezzi, Martina Ghezzi, Aura Ghezzi et Nenella Buonaiuto.

Table